U0863042

诗建设

主编 泉子

长江出版传媒
长江文艺出版社

诗建设

NO.27

目录

李青作品
《光影之上》之二
布面油画
100cm×100cm
2015

诗建设
开卷
Decoil

耿占春

耿占春，诗人、文学批评家。20世纪80年代以来主要从事诗学研究和文学批评，主要著作有《隐喻》《观察者的幻象》《叙事虚构》《失去象征的世界》《沙上的卜辞》等，另有思想随笔和诗歌写作。现为大理大学文艺评论基地教授、河南大学教授。

耿占春

“世界的散文”·20首

在阿拉善

他总是想起那些无名的
想起一双眼睛，闪动未解之谜

贺兰山峡谷，飞跃的岩羊跳过
岩画上的岩羊和沉睡的太阳神

在此圆寂的高僧看到
一个秘密，低语着阿拉善

凡俗渴望圣洁，而圣者
渴望寂灭远过永生。一切

渴望的核心都指向美，而什么是
美本身的渴望？那双眼迷惘地闪动

像跳跃的岩羊。他确认是它
让匿名的高僧选择在此死去

那最后的目光，他看见一双
戈壁玉一样的眼睛。温润，寒冷

论修辞

什么都需要被说出，几乎是
每件事，无论生活的暗疾还是
耻辱的记忆，当你寻找一个词
就是在转化你本想加以掩饰的

每个恰当的比喻里都有
一滴毒液，注入经由话语
说出的一切，修辞的
一滴药剂，溶解一丝戚楚

在修辞中被说出的事物
移动了自身的属性，在轻微的
秩序改变里，成为你所要求的
犹如它们不曾存在于语言之外

像一种隐秘的装置，修辞
系统地置换客体，消除对象
没有忧郁，也没有死亡
包括此刻企图说出的悲伤

波斯地毯颂

一张波斯地毯在喀什噶尔巷子里
年深月久地，等待未知的命运

如此细密的对称造成一座精确的迷宫
哈里发的花园、庭院与无尽的回廊

流溢中古世界无尽的月光与晚风

苏菲主义诗人与歌女绵绵的咏叹

严格的禁欲主义，让所有形体和欲望
消逝在抽象图案交织的谜语里

世界曾经存在过太多无用的精美
太过微妙的对称，在王国消逝之后

让有神论者感慨宇宙的整全
让无信仰者叹息世界虚无之完美

面对无数抽象之线钩织的诗句
他独自猜测地毯里的句法与符号

怎样的一只手如何把鲁米的诗
编织，经纬她自身消逝着的生命

一个人，梦想写出一首终极的诗
用他始终知道的，说他从未知悉的

论写作

我总是暗藏希望，让写出的
未说出的，成为事物的一部分
而非仅仅是词语

我也渴望，让可见的
和不可见的，成为话语而非
像一块裸岩那样闭关，或投入行动

一种语义尚未生成的

语言，确定的伦理下面是
深邃的虚无，如从未愈合的创伤

或许也需要那些无意义的噪音
助成某些思考，就像噪声环境里
更易因注意力疲惫而入眠

我想说的话，却愈来愈少
诗，语言的禁欲主义
勉强满足了沉默的戒律

的确，我并不是那个最深刻的人
当权力的任性变成语法
我只是一个深感无助的人

论写作、死亡与不朽

从写作那天起，你就是一个
已逝者，乐于向后世说话

围绕着一场死亡，庸人的言论
限于稻粱谋。最智慧的人

亦难逃这一厄运，你活着时
躲开了他们，最终还将落入

俗套的网络。落入庸俗的言语
犹如再也无力奔跑的猎物

试试你能否在死后继续言说
犹如一道新的法令：让庸言闭嘴

彻底遗忘就是宽恕的美德
就像是，尚未发明词语

只让那些懂的人心领神会
怀着沉默，连神名也无须提及

论幽灵

童年记忆里的一些迷惑消失了
也有一些迷茫换了个面具
依旧令人不安。在夏秋季节

从身边打着转的旋风卷起
枯枝败叶，仿佛一堆尖叫的枯骨
它们有时能将孩子卷上半空

你不知道它是鬼魂还是机器
不知道魔鬼的发动机安装在哪里
竟能如此摧枯拉朽凌空蹈虚

你不知道更狂野的风暴
也有看不见的发动机，它们
歌唱着太阳神就把同伴撕碎

你现在依然不知晓它是激进
还是返祖退化。只感觉
那个巨大的幽灵又在煽起阴风

论语言的平庸之恶

令人悲伤的事情发生了
还有惊愕、悲伤和愤怒之情

骇人的罪恶发生了
还有人们的善恶是非论断

如果语言也一起堕落了
那些说话的人就会搅浑一切

将不再有面对不义的愤怒
转而冷嘲躬行善者的脆弱

这是古埃及人的符咒，“语言
就是天命。语言就是天赋”

我们糟蹋天赋，陷入厄运
语言的平庸之恶，即恶的绝对

获胜，它比不义胜利得更久
诗亦不能——独善其身

论中古赞歌

赞歌有更尊贵的出身
它的旋律远在神山圣湖之间

献给祖先、土地、节日和母亲
如秋天的瓜果，配享天地诸神

洁净自有洁净的危险，所有
贞洁之物都存在亵渎的风险

一如少女、鲜花和儿童
都曾被疑似神圣的仪典征用

曾为魔鬼效劳的歌曲，从未
接受过审判，它们曾响彻云天

但清算之日，犹如根本未在
犯罪现场。隐名埋姓的圣歌

有自己令人迷惑的旋律和逃逸
路线。歌声又在无辜地飘荡

在不谙世事的心里，在遗忘的
耳朵里，却触痛饱经沧桑的记忆

且忘掉那些肮脏的词句吧
只听那旋律，萌生自古老的世系

而现世尚无什么荣耀的业绩
与它相配。一支圣歌的种子

或许没有合法的停留之处
只能在人的心中莫名地飞扬

未知何时，未知何处，它们会
再次卷起风暴，加入另一场运动

但愿那是真实的抗争，但愿它是
受难的圣灵，而非冒名的幽灵

绿皮火车经过黔东南

从一列夜行火车的地板上
醒来，带着噩梦的持久余痛

从早晨的蒙蒙细雨里
冒出水墨色的喀斯特山地

这是我第一次踏上黔东南
绿皮车在古村落旁缓慢地转弯

水墨色的村镇，绕村的河流
岸边茂盛的毛竹，在细雨里

水墨的狭窄村街和水井
蓑衣人在摇动黝黑的辘轳

黝黑的木板房，阁楼和门窗
鳞片状屋瓦上飘起灰白的炊烟

这一切，比如此罗列的事物
多出更多的涵义，细雨霏霏

它们第一次，在我心中复苏
一个久已禁用的词，多么陌生啊

祖国——黔东南的古村落
褐色的土地被无边的细雨淋着

窗棂，瓦片，辘轳，石板，毛竹……
新老僭主均配不上她沧桑的容颜

诗　论

写诗令我不安，就像一种僭越
或非法使用未被授权的权力

这是祖先和先知使用的话语
他们有非如此不可的理据传递信息

我没有迷狂，也没有神灵附体
没有占卜、驱魔和通灵的能力

唯有淡化的记忆，犹疑的辨认
却也贸然启用贴着封条的遗产

唯有缠绕的思虑，吸附经验的碎屑
却又企图从中提取点滴启示

当我从这些往日的断简举目窗外
天空，如思想停顿的片刻那样高远

连　山

如果我还没有对你说过，绝不是
由于遗忘。对我，它是世界
起源的地方：一部早已失传的
只闻其名的书，包含了不解之谜

甚至一些片断也应如此。它比整个
收藏式的博学还多出一点东西
我就在想，如何写出这样一本书
在其中消失，如一颗迷途的行星

庙宇，故土，陵墓和天堂
不会比片断更真实。多年来我几乎
没有别的想法，祈望建造私密的
小的和无尽的，就像吐蕃人的玛尼石

在山口或湖边堆积。一部可以名之
连山或归藏的书，一个人的星系
长夜绵延，什么也不索求
且等黑暗转亮，消失于文字的生命

论自然法

在体内，在大脑皮层的现代思想旁
紧邻一个野蛮部落，它们似乎又住在
肝胆相照的部位，躲过了进化论

绝望的冲动，伴随谬误的直觉
灾难式的激情，是它的主人
副无辜的面孔，拒绝进入现代

在文质彬彬样貌底下，野生动物
保护区内蛰伏着我肉身的祖先
沉寂，喧嚣，躁动，像一股热血

其间混有别的难以指认物种的先祖
它们不识一字，却能听懂血脉中的鼓点
紧邻理性的边疆，在我的气势汹汹里

揭竿而起，海啸山崩，但求一死
然一念之间，又像听到了笛音的兽群
温柔地归隐于警觉探测不到的深处

再次躲过了获得教化的机缘
有人叫它无意识，死本能，力比多
或许，它的另一个名字叫自然法

更路薄

他曾航过暗潮汹涌的日子
一个巨浪摔碎在小小舢板

每个瞬间他都重新拥有自身
如今回望过去，浅近的水域

还在推波助澜。远方的海
深不可测，平明如镜

事物的终结也应如此
在深渊之上，喧哗复归于

寂静。唯有一行令人满意的
诗，占用了思想的波动

论符号

骏马箭一样穿过荒漠，在飞奔
穿过峡谷、山涧，骑手紧贴马背
一场奔袭，观者心若战鼓
直至赛手奔往插着旗帜的终点

他身穿黑色战袍，缓缓拔出
带徽标的长剑，神色肃穆走向

祭坛。种族的纪念仪式
庄重的展演恰值昂贵的门票

战马，长剑，战袍，祭坛
仅这些足以让天空阴云密布
完成一场战争布景。史诗
也已消失，唯余英雄的符号

它们还会唤起一阵月黑风高
剩余的激情，即使堂·吉诃德
解甲归田，美化死亡的道具
还会披挂上死魂灵的躯体

我们是鳗鱼

我们是一条鳗鱼而不是鳟鱼
偏爱昏暗的夜，有月亮和没有月亮的夜晚
远胜喜欢大白天刺眼的光亮

我们是厌光的鳗鱼
虽然不再藏身于褐色的泥巴，却遵循
史前生物的时钟，拥有爬行动物的大脑

避光的本性，让我们
在夜晚展示更多的才华或更深的欢欣
幻想自身有着向往光明的属性

但要置身于浓密夜色的保护之中
我们无法理解自然的狡计
一切的永恒轮回，神秘而幽暗

就像洄游的鳗鱼需要微弱的光照
盛大的启程之夜要有遮蔽月光的云又需要
迁徙之旅与月亮的相位保持一致

如果说我们真的喜欢一线曙光
那是泛起鱼肚白夜色尚未褪去的时辰
或暮色渐浓的黄昏

既不是因为我们仍然蜗居
柏拉图的洞穴，亦非弗洛伊德的潜意识
潜藏我们新皮层中的正是鳗鱼的大脑

我们是鳗鱼，月光也一直伴着
我们高贵的诗和音乐，就像鳗鱼的奥德赛
结束之际，在新月之时产卵

仿格言

在丛林法则中
一个人比一只老虎更凶残
老虎捕获一头鹿就心满意足
一个权贵富可敌国还会贪得无厌
——老虎没有欲望

在那灌木丛里
没有一条毒蛇会放弃使用毒液
但有一个人拒绝下令杀戮
即使他知道自身会被判处终身监禁
——毒蛇没有自由意志

这世上的格言

不过是重复发生之事的综括
或者对将要发生事情的预先叙述
纵然蜂蜜不会变成盐巴
但是明天将会变成昨天

谢阁兰评传

有一千个生命活在他的生命中
遍游大洋的航海者，塔西提岛上
土地测量员，波利尼西亚
异教思想家和锡兰的佛陀研究者

就像永远不会死去那样活着
毛利人的音乐迷，歌剧“悉达多”
剧作家，珍本书收藏者和一次大战
海军陆战队士兵和远征军的医生

他就像那大海，永远在重新开始
曾经的天津医学教授，民国总统之子的
私人医生，汉学机构和艺术博物馆设计者
西藏的考古学家和水利地形测量员

有一千个灵魂复活在他的灵魂中
他书写《双面兰波》和《致敬高更》
《勒内莱斯》记录中国皇帝的私密生活
他为自己树《碑》，阐释古国碑铭

一个人体内有千万个转世的他者
《远古》民族志，《吐蕃特》优美的
长诗，《中国的伟大雕塑艺术》
杀青之际，他骑马丈量了前世的大陆

就像明天将要远离那样活着
不只是离开这个令人迷惑的古国
而是教他痴迷的世界，1919年春日
41岁的谢阁兰命悬一线，写信告别友人

“我确定生命正离我远去……”
冷餐之后他去滨海的森林散步
像佛陀在一棵树下沉睡，一个享乐主义者
已独自远行，带着人间未愈的伤口

论寄生主义

我们的身体是另一些生物的家园
那里是我们自身的远方
在黑暗的中心，寄生着无数匿名的
微生物家族，病菌，病毒，蠕虫

进入宿主的呼吸道、消化道
和神经系统，生产过量的
神经细胞，它的序列不再遵从宿主
而是按照寄生主义的逻辑编码

寄生主义者制造了伪装的模仿性
词汇，让貌似强大的宿主紊乱
奇异的编码欲望铭写于病毒的结构
强制寄主屈从寄生主义者的意志

一场寄生主义向寄主发动的战争
将成为一个时代的隐喻。如果病毒
是针对宿主的谎言，什么会修复
薄弱的自由意志，在善恶的彼岸

夜

翻看了一晚上书，竟没有
一句入心的话。概念，还是
概念，对词语的临时用法毫不知情

微风吹过窗外的杂树
一阵清新的感觉瞬间解除了身躯的疲惫
风吹过几棵木麻黄密集的针叶

如一阵细雨；棕榈干燥的阔叶
发出合金薄片轻轻刮擦的声响，像携带
风力的倾斜的雨滴，落在雨搭上

当杂树的声音静止，词语响起
一首诗也渴望这样使用词语，仅仅运用
它的形状，体积，密度

产生的沙沙，滴答，嗡嗡
连续的或间断的，穿越的或萦绕的
像一种缓慢的唤醒

词语携带着未曾言说之物
如正在结结巴巴地翻译土著语言
某种意义发出寂静的爆裂

遥远的夏天

遥远的夏天，瓜秧搭起的
凉棚，毛茸茸的瓜

一只苍蝇。扇子。药瓶
母亲的咳嗽。寂静的血

遥远的，午后读书声
单调的复句，贫穷的音节

植物的气味，荆芥，天使的
气息，薄荷，葵花。血

母亲的咳嗽。遥远夏天的
童声合唱，献给速朽的神

远逝的河，碎石的急流
水草，伏下又卷起

一个孩子，坐在岸边
清凉的石块，模糊的悲伤

遥远的正午，金黄的东南风
转向傍晚的西北风

薄荷，荆芥，清凉的
空气，葵花的头已砍下

一场阵雨，人世的秋风
吹过，夏天的血和雪

李青作品　《幕后之声：王侯将相宁有种乎》　200cm×80cm×2　布面油画　2008

作为批评家的诗人
——评耿占春的诗

纳兰

史蒂文斯说：“诗歌是学者的艺术。”耿占春先生的诗，正是一种学者之诗，批评家之诗。他在《退藏于密》中写道：“一个朋友把这些札记称之为‘抒情的社会学批判’，我欣然认同这种赞誉。抒情的或诗意的，和社会批评似乎是一个悖谬的说法。”“抒情的社会学批判”，其实就是“诗人—批评家”，抒情正是诗人的天性，而批评家需要极强的理性能力。他的批评是一种“创造性批评”，是可以与批评对象共舞的，甚或脱离批评对象而成为一个自足的“文本”或“话语”。“作为批评家的诗人”，他不仅做到了诗思维与批评思维之间本质的等值，还写出了与哲学对等的诗歌。他不再是乔治·布莱所说的“在他达到自我认识的同一时候认识他人”或“潜入被批评的思想的内部”，而是在批评主体这一角色中安身立命和在语言中安身立命。他的诗，是一种摆脱了对某一具体作家具体作品的文本批评之后所呈现出来的一种更为自在自足的、更为普遍的批评。在我看来，他的每一首诗都是一篇“微型”的批评。他深谙一种“迂回”的策略，诗意义的迂回是借以达到目的的曲道，借用法国哲学家弗朗索瓦·朱利安的话来说：“诗的言语使思想的进程改变方向，它不强行改变，而是慢慢地曲折前行。它并不提供确定、清晰的意义，它以弥漫的方式向它激励的情感显示，而不是以指令的方式自我表现。”他的批评对象是“诗、语言、修辞、符号、政治、社会现实、历史……”，从《论写作、死亡与不朽》《论修辞》《诗论》《论语言的平庸之恶》《论符号》《病毒时代》等诗作之中，都能感受到他的一种“感性的诗学”的批评的魅力和诗的魅力。如果说批评是祛魅的话，那么诗就是一种“在没有神秘之物的神秘主义”的返魅。他的诗是思想和语言互为表象的诗性状态，指向了此诗之知与不知、彼诗道与未道的事物之间的关系。读他的诗，有种“言者无罪，闻者足戒”的快慰。

对耿占春而言，写诗属于生活中的“片段停顿”和一种“思想的休息”。他把时间全身心投入到阅读、思考和写作之中，他说：“就投入的时间或工作重心而言，似乎应该是批评、随笔、诗。”这并不是说他怠慢轻视诗，恰恰相反，他把诗看作是一种拯救的技艺或献词，把诗当作是远离批评、随笔的所辖区域之间的“郊区”。他在不同的场合谈到国外的思想家、批评家都可以在著作中引用诗歌来例证自己的思想观念，比如阿多诺、鲍德里亚、布罗姆等。他的批评和研究对象是诗歌，他是洞悉诗之奥秘，拥有完备的诗学体系并形成了独特的批评风格的“诗人批评家”，他是一个遵行诗意地思和哲学化地思考诗学的批评家，他是一个对现代诗的隐喻和象征的特性有整体把握的批评家。他在一次访谈时说：“从开始读书，我的脑袋就是一个大舞台，各种人上来说一番。我的脑袋里什么都有，所以我的很多想法，你怎么能说那是我的呢？那不是我的，都是我读过的作者的。有时候，我觉得他们说的不错，就再重复一下。这根本就没有什么我的思想。”这并不是说他的脑袋就真的被各种想法所统治，被各种声音所搅扰，他有着自己“内心的主权”和现代性的面孔，诗，就是他强有力的声音。他已经区分自我和他者的“想法”，并做出这样的价值判断：“我觉得他们说的不错，就再重复一下。”这就是一个批评家应有的品格和素质。

他提出的感受性主体、百科全书式的作家、自传式理论写作等观点，恰好对应在自己的诗、随笔和批评写作之中。或者可以这么说，他提出的主张不仅是可思的，也是可行的。 他是一个跨越边界和思想无羁的思想者，他的写作资源是如此丰富，选择批评、随笔还是诗，只不过是借用不同的文体进行思想的输出和象征交换，以便获得语言的慰藉和诗学的慰藉。他的内心有一头“思想的灵兽”，“需要话语反面的一切喂养”。他“喂养正确而强劲的语言”（《需要的，恰如所有》），也被语言所喂养。他和语言是一种“目击道存”的关系，他享受语言的欢乐，也承受属于整个人世的苦难。他从语言出发，链接身体、社会、历史，把精神分析从个体身上的运用扩展至整个人类集体的运用，这么来看的话，他写的诗就不是表达一己之悲欢的小诗，而是在写一首具有普世价值和人文关怀的大诗了。或许，也可以简单到“诗，只是一个赐福的比喻”，一种治愈系的净化的力量，一句慰藉的话语。而那些诗之外的重量，都属于读者接受美学的附加和诗人“思想的休息”的打扰。

他越过了即时的批评、职业的批评，进入了大师的批评的阶段，他在即时的批评和纯学院的批评两者之间找到了游刃的余地，形成了一种自由的批评、大师的批评。他的批评可以被称为“寻美的批评”，他的诗歌写作可以被称为纯粹的审美的享受或思想的休息。他在《论民主与诗歌》一文中说：“一个民主的人就是一个诗学的人，一个自由的人就是一个诗学的人。”反过来说，一个诗学的人，也是一个自由和民主的人。某种意义上，他是一位人文主义和民主批评的先行者。诗人和批评家的两种身份在耿占春先生的身上得到了巧妙的平衡与合理的转换。他写诗的时候，有一个批评家的自己躲于身后，对于诗人的身份静观而不语，这是另一种的“观自在”。他履行一个批评家的使命的时候，诗人之“诗”已然成为他批评的利器，他的诗人的感受力和想象力使他在批评的过程中更靠近真理和意义。他的诗，从某种程度而言，有种“以文入诗”的特点。“人们被诗歌所打动，也就是被吸引进个人的感受性之中，诗歌把个人感受性聚集在一起，更深层的这真理仅仅通过这种感受性才会出现”（耿占春）。换言之，他在用诗人的身份和语言拯救弥散的感受性，这是诗歌话语对于批评话语的给养与互为补充。诗歌话语拯救了“受难的感受力”，诗歌是关于月亮的想象，而批评的话语仅只是指向月亮。

他写诗的时候，就是孤身一人奔向属于他的“十字架”，这是属于诗人的使命，作为批评家的自己不干涉，也不僭越。诗人不满足于在语言的世界里“创世”，也要尝试从语言到行为的“救世”。而批评家的自己不参与创世的过程，他只是一个清醒的旁观者，用挑剔的眼光对诗人使用语言创立的世界进行挑剔和责难。诗歌于他而言，只是换了一种形式的思考。批评家之诗是一种诗体的文论和批评，而诗人的批评是思与诗的合一，是辨认出语言里的“诗、真理和美”的过程。诗即是批评，批评即诗。他借用了诗歌的外衣来掩藏思想着的肉身。如果说批评是智识的消耗的话，那么诗歌写作对他而言就是智识的节日。

与哲学相对等的诗

史蒂文斯在《作为阳刚诗人的青年形象》一文中说："诗歌，我们一直将其思考为至少对等于哲学，可能更超乎其上。然而定义的领域是一个"护教学"的领域。把诗歌定义为一种非官方的存在观，将它放在了与哲学相对的位置，同时也在两者之间建立了联系。"耿占春的诗，是"棱镜的深思"，如"纯粹的铁，坚硬如一块鹅卵石"，是一种与哲学相对等的诗，他的写作是进入了"护教学"的领域，甚至是"在敌人的领地内行走，在被别的地方对死亡的定位划出了的受保护的区域之外"（德·塞尔托语）。称耿占春为"诗性的哲学家和哲学性的诗人"，或许也是合适的。在《论写作》一诗中，他写道，"让写出的/未说出的，成为事物的一部分/而非仅仅是词语""让可见的/和不可见的，成为话语而非/像一块裸岩那样闭关，或投入行动"。从这些诗句中，可见诗人已将写作的内容指向了"不可说""不可见"的部分，而这些部分既属于哲学的内容（梅洛·庞蒂在他的相关著作中有涉及），又属于一块待开垦的领地。他是在"诗意地思"，"我想说的话，却愈来愈少/诗，语言的禁欲主义/勉强满足了沉默的戒律"，禁欲主义的语言，无疑也是一种"清晨的语言""清凉的语言"和"清洗过的语言"。遵守"沉默的戒律"，意味着把行动提升到语言之上，代表着对理想境界的渴望。正如乔治·斯坦纳所说："每个诗人都应该有属于自己的语言，独自表达他的需要；鉴于人类语言的社会习俗化本性，那样一种理想的语言只能是沉默。"或许诗人的写作，就是让"一个深感无助的人"能够找到对"权利的语法"的违反与僭越的一个合法性，正如耿占春在诗中所写，"写诗令我不安，就像一种僭越/或非法使用未被授权的权力"（《诗论》）。

人身上具备语言的能力和死亡的能力，面对生命的有限和必死，语言和死亡发生了关联，语言的能力转向了对死亡能力的抵制。诗人耿占春曾说："语言，你怎么能不是我生命的最终守护神呢？"在他的《论写作、死亡与不朽》这首诗中，诗人是一个向后世说话的"已逝者"，死亡伴随着庸人和"最智慧的人"，诗人不仅抵制着庸俗的言语，也抵制着死亡。"让庸言闭嘴"如同惊堂木发出的振聋发聩之音。庸言意味着对死亡的顺从和妥协，意味着词语的缴械。

语言问题不仅是哲学的主题，也是诗与诗学的主题。在他的《论语言的平庸之恶》一诗中，诗人说："如果语言也一起堕落了/那些说话的人就会搅浑一切”。搅浑一切的是“庸言”，平庸的语言就是一种未获水与血洗礼的“原罪”。如果说“诗是一种反能量耗散的话语结构”，那么平庸的语言早就成了“话语的灰烬和废热”。在语言和沉默之间，耿占春亦能做出一种平衡。在语言方面，他既信任语言也信赖沉默的力量，换句话说，他信任沉默的言语，“诗不过是/世界的散文里剩余的沉默”（《世界的散文》）。诗人耿占春抵制平庸的语言，抵触“博学地撒谎”，可以区分“比喻里的毒液”和“修辞里的药剂”，“我们靠比喻的残渣余孽过活”（《论童年时代的修辞学》），而匮乏于“赐福的比喻”。

他在《连山》中说：“且等黑暗转亮，消失于文字的生命”。他自己已然处于“等黑暗转亮”的过程之中，或者说他已经把那个“等”的时间熬过了，所以，他处于一种“亮”的渐强之中，而“消失于文字的生命”又让这些文字有了生命力，仿佛“词语”都有了肉身，思想都找到了躯体。

他的这些与哲学对等的诗歌，充满了思想的激情和治愈性的力量。他从感性和理性两个路径抵达真理，“一种诗歌的心理学已经找到了通往中心的路”（史蒂文斯语）。

诗人的眼光看世界，批评家的眼光看自己

他看世界的眼光是诗的眼光，他用诗的标准来衡量当初那个用语言说出“要有光”和创世的至高者所创造的世界，当下的世界与原初的世界有了裂缝，诗的世界变成了谎言的世界。当他写下《世界荒诞如诗》的标题，是对这个有裂缝的世界的痛心，是把世界拉近诗的一种企图，但是世界与诗之间横亘了一座荒诞的山岳。当诗人耿占春写下：“在无话可说的时候，在道路/像逻辑一样终结的时候/在可说的道理变成废话的时候”，诗就在“道路、说话和道理”这三者之间切换。这很容易使人想起《圣经·新约》中耶稣所说的：“我就是生命、道路和真理。”当他写诗的时候，他就复活了灵性的生命，他在用诗与神沟通，他在用诗寻求一条生路，他在复活一种古老的技艺——“从废话里提炼道理（真理）”。“在道路/像逻辑意义终结的时候”，就是诗意在诗里复活的时候。正如人的尽头是神的起头，终结的道路必然能开出一条“非常道”。在一个偏离了诗的世界，荒诞成为世界的别名，写诗就是排除或扫除“废话里的易燃易爆品”，写诗就是对“家法”代替“宇宙法或世界法”的批判。“开始写

诗，在沉默/在夜晚噩梦惊醒的时候”，诗人不再“在沉默中寻求庇护。然后，随着上升的冲动，此前不能表达的东西能够用言词表达，通过某种奇迹般的简洁，采取明喻的方式，激发一种新的热蜡从密封环的压印中留下”。诗人沉默是因为语言比邻黑夜，而开始在沉默中爆发是因为想念语言接近神光的时刻。

世界荒诞如诗

许多年后，我又开始写诗
在无话可说的时候，在道路
像逻辑一样终结的时候
在可说的道理变成废话的时候

开始写诗，在废话变成
易燃易爆品的时候，在开始动手
开始动家法的时候，在沉默
在夜晚噩梦惊醒的时候

活下去不需寻找真理而诗歌
寻找的是隐喻。即使键盘上

跳出来的词语是阴郁
淫欲，隐语，或连绵阴雨

也不会错到哪儿去，因为写诗
不需要引语，也无需逻辑
在辩证法的学徒操练多年之后
强词夺理如世界，就是一首诗

整体看这首《世界荒诞如诗》，“开始写诗”与“活下去”构成了一种结构上的相似，写诗就是活不下去的无声的控诉，写诗就是为了更好地活下去。活下去不需要寻找真理，但是为了真理而活，仿佛也是一种更好地活着。“而诗歌寻找的隐喻”，其实隐喻只是一个外壳，耿占春在《隐喻》一书里说，“隐喻就包藏着诗、真理和美”，往深了说，诗歌是借助隐喻的手法网罗住了“真理和美”。“活下去不需要寻找真理”，却需要寻找“道路和生命”，诗歌寻找隐喻其实就是重新找回诗与世界的相似性，找回人性与神性的同一性。诗人从“隐喻”想到发音近似的“阴郁、淫欲、隐语、阴雨”等词语，就把外在天气，内心的情绪和欲望等诸多信息集中在一处。诗人驾驭词语，就像放牧驯顺的羊群。

如果“世界荒诞如诗”，那么写诗是制造更多的荒诞，还是为了消解荒诞？在耿占春先生的《世界荒诞如诗》一诗中，我看到了诗是反抗、控诉、纠正。诗是反辩证法和逻辑的。在世人皆顺从规则的时候，他创造了另一些规则。

开始写诗，是对世界荒诞做出应激的反应，或者说世界的荒诞倒逼诗人开始言说。世界和诗之间的天平，因为加上了“荒诞的砝码”而开始倾斜。荒诞成了世界和诗之间的黏合剂，这荒诞既堵塞了道路，也终结了言词。写诗本应该是有话可说，本应该是顺应“道成肉身”的逻辑而用言词靠近真理，本应该是从废话中分拣道理，结果“许多年后，我又开始写诗”是因为无话可说，道路的终结和道理变成废话。在诗人耿占春的笔下，诗依旧是在和世界的荒诞进行着抵制和斗争，就像言说医治着无话可说，道理训斥着废话。

“在道路像逻辑一样终结的时候”，信心依然能分开海水而开出一条道路。

“在废话变成/易燃易爆品的时候”，诗依然具有灭火除暴（爆）的功用。

“在开始动手/开始动家法的时候”，诗依然扮演公义的判词，诗依然是高空坠落后及时打开的降落伞。“活下去不需寻找真理而诗歌/寻找的是隐喻。”那么活不下去的时候，是不是就需要寻找真理了呢？什么又是隐喻？“那么，世界万物就是神的话语。这话语就像宇宙万物一样永远在消长，而永远存在着。他在万物中永不寂寞地诉说着同一的话语，人类就要永远处在创世的神恩状态。当人类忘却了聆听，他也就忘却了诸神的话语和世界，忘却了本源。”隐喻使人与自然恢复关系，人与神保持一致。人对隐喻关系的寻找，其实是在自然之中寻找合宜之所安放自身，是对内心秩序和事物秩序的一致性的寻求。不是不寻找真理地活着，而是在寻找隐喻的过程中“使生命的意义成为动人的悬念而被人类精神所渴念、期待和追索”。

诗歌寻找的是真理。唯道成肉身的词语，才不会产生“阴郁、淫欲，隐语，或连绵阴雨”的歧义和谐音。寻找的是隐喻，其实寻找的就是完成创世之后隐而未现的上帝。之所以“不会错到哪儿去”，是因为通过“树荫”总能遥遥感知树荫之上的实体。隐喻里藏着诗，写诗寻找的是“意外的比喻”，耿占春用隐喻给世界披上了“肉身的外衣”，又用诗歌作为“意外的比喻”，乃是世界诞下的“新生儿”。寻找意外的比喻，就是给隐喻这个大家庭，找回散失的亲人和灵魂，就是给隐喻的火堆注入源源不断的能量。

耿占春的《论诗》，就是诗的形式的文论。

论诗

在小小的快乐之后
你甚感失望：写诗寻找的既非真理
也不是思想，而是意外的比喻

为什么一个事物必须不是它自己
而是别的东西，才让人愉悦
就像在恰当的比喻之后

才突然变得正确？人间的事务
如果与诗有关，是不是也要
穿过比喻而不是逻辑

才能令人心悦诚服？而如果
与诗无关，即使找到了解决方案
也无快乐可言？如此

看来，真理的信徒早就犯下了
一个致命的错误：虽然
他们谨记先知的话

却只把它当作武器一样的

真理，而不是
一个赐福的比喻

以诗论诗在一些诗人身上，数见不鲜。在米沃什、史蒂文斯、博尔赫斯等国外大师的诗里，皆能见到。耿先生的《论诗》依然延续了《世界荒诞如诗》中的一些思想。在《世界荒诞如诗》中的是“而诗歌寻找的是隐喻”，《论诗》里是“写诗寻找的既非真理/也不是思想，而是意外的比喻”，比喻何以如此重要，帕斯在《弓与琴》中这样写道：“是的，语言即诗歌，每个词都藏有只要一触动秘密弹簧就会爆炸的某种比喻炸药。”耿占春既占有了批评家的理性之智慧，也体验了诗人的感性之愉悦。他给诗“减负”，把真理和思想从诗里过滤除去，只享受到发现“意外的比喻”的“小小的快乐”。他像一个返璞归真的智者发出朴拙的质问，“为什么一个事物必须不是它自己/而是别的东西，才让人愉悦”？耿占春在《隐喻》里说：“诗人有一种不可遏止的冲动去寻求隐喻，寻求把人与自然，把生命和宇宙统一起来的那种原始的力量。在人与大地这两个彼此变得很像的世界中，诗人就体验到一种对人的自然式的领受和对自然的纵情欢爱。”一个掌握了答案的人，为什么还要重新发出疑问？他在回味无知之时求知的快乐，他在引领后来者的思考。在《隐喻》一书中，他用肯定句告诉我们：诗是隐喻的复活。诗是语言的原始形式。而在《论诗》中，他在用否定句式的“既非，也不是，而是”，从中可以折射出他从批评家的思维到哲学思维的切换，“非法。非非法”里或许暗含有更高的智慧。在“人间的世务”是否与诗有关的追问中，快乐法则成了诗之正确与否的准则。诗人写诗，服从的是自己的领悟而不是逻辑和矛盾律，以寻找“意外的比喻”为乐，诗人耽于“人间的世务”，而延误了“神圣世务”。“一个赐福的比喻”在提醒我们基督曾用比喻的方式把真理显明给我们。诗人在比喻里自得其乐，不如在诗里传递真理的福音。“赐福”传递出的信息是诗人认可的自利而利他，自解脱亦令他人解脱，施与比接受更为有福。

耿占春的《论消极自由》《论恶》《论神秘》《论语言》《论晚期风格》《论快乐》，都是一个主题下的论述，可以看作是一篇诗体的文论。诗的体裁的凝练跳跃或许在这一时期更适合思想的抒发。以文入诗，是一个古老的传统。耿占春的诗是一种依托于深厚的学养与深邃的思考之上的产物，诗是他的阅读、思考、反思、批判等的综合和叠加。诗是他放松时的思辨，把思想浓缩为诗，他自身作为一个思想的管道，吸纳一些思想，经过净化和提纯后输出另一些思想。理解他的一首短短的诗，要越过他对读者无意之间设置的阅读的障碍，要以阅读另一本厚厚的学术著作为基础。可以这么说，一首诗就是一本浓缩的书。读他的《论消极自由》，若不了解什么是“消极自由”，就很难对这首诗有更深层次的理解。英国哲学家以赛亚·伯林在《两种自由概念》中，提出了关于自由的新的概念。他区分了两种自由概念，即积极自由和消极自由，在他看来，积极自由意味着自我控制和自我实现，而消极自由则是一个不受外在力量干涉的私人领域。诗其实就有更多私密性和私人性的属性，它是一个人的“消极自由”的领地。《论消极自由》中“所有闲散的人都在古城溜达”的闲散的状态，即一种消极自由的状态。诗中呈现一种语言的张力，“在人民路，在洋人街”“一切有用之物，一切无用之物”，可以感受到人民与洋人，有用与无用两组词的对立所造成的张力。人民路和洋人街，除了命名的不同，其实也是两种不同制度和道路的隐有所指。“苍山云缓慢地飘过，洱海门/所有的花都在随意革命”，事物也在表达一种自由，它们也可以按照自己的意愿去进行“革故鼎新”。当读到“所有的花都在随意革命”，你会因“随意”传递的自由意味和“革命”一词的借喻而会心一笑。“昔日茶马古道上的马镫/铜壶，旧地图，不明用途的器具/在连绵的杂货铺里/堆集成一首物质的诗篇”，“过时的物件”在诗人眼里变成了“物质的诗篇”，事物本身即诗，他检阅的目光使这些过时的物件重又焕发出光彩。“一种快意而虚假的自由”并不是真正的自由，获得自由的人们，或许就是行走着的“精神的诗篇”。

世界不仅仅荒诞如诗，世界亦美如斯。在诗人的眼中，世界不只有荒诞的一面，亦有着“浮云诡秘看苍山”的一面。他、世界和生活之间的对峙和紧张关系被一首诗所缓解所简化，一首诗即可解决他与世界的关系、他与生活的关系。“你的世界，就只剩下一首赞美诗”和“你的生活，就只欠世界一首诗”（《一首赞美诗》）。身处于这样的地点——“南诏国遗落的江山里”，处于这样的时间——“大理国剩余的时间里”，他拥有的是对世界的赞美和一颗亏欠之心，“一首诗”就可以完成对这个“残损”的世界的交代，“一首诗”就可以还清对世界和生活的亏欠，“一首诗”就可以撇清自己与“重要的事务”的关系，“一首诗”就可以熄灭“野心和抱负”。面对历史的循环和祸殃季节般重复，一切都在“山河天眼里”，他“忆起一行诗——”，那该是世界的起头，是光的来临和爱的来临的时候，是神的灵运行在水面上，那一行诗犹如神开口说出的那句“要有光”，一切都在光的彻照之下，一切都在光的医治里。“点苍山下

/樱花盛开/它自己的庆典”（《世界美如斯》），诗人像一个局外人，未能融入“樱花的庆典”，他与事物保持着一种距离，他看到了世界之美，同时也保持着一种清醒，“美，能拯救世界”，这还是尚需证明的一个命题。

“诗歌语言既与传统的象征秩序或象征系统存在着批评与‘解构’关系，又力图揭示词与物的象征功能，激活这一创造象征的语言机制。从象征的古老源泉中汲水的同时补充这一日渐枯竭的源泉。”这是现代诗歌写作的意义，诗歌语言从象征秩序里“汲水”，又给象征这个“枯竭的源泉”以补充，诗歌语言不能离开象征而存活，而象征亦需要诗歌语言对它的施救。耿占春认为，象征思想不仅是自然与文化在类似性基础上的混合，也是文化与主体世界或内在世界的混合。词语，事物或客观世界，思想物或主观世界，三者没有区分。这就是说，语言、世界、“我”，三者达成了一种“合一”，世界是人格化的世界，人是物化了的世界，而语言是我和世界的合一。他从这个物的世界里看到了人类社会的场景和意义，“那些野花野草，隐秘的野生动物/它们不知道谁统治着世界/不弃权不反对它们欢乐的在野”（《称之为苍山》），这哪里是一个纯粹的物的世界，分明是一个阶级的社会，野花野草、隐秘的野生植物是被统治的事物，它们享受着一种“欢乐的在野”，这就使事物具有了人的主体性，这就使野生事物的“在野”有了政治学上的含义。“山脉的那些火成岩/花岗岩熔岩/结晶岩之上的森林，称之为横断/山脉，矗立在缄默的权力意志中”，整个世界不过是自高者精神存在的实体和手段，诗人所言“山脉，矗立在缄默的权力意志中”，事物尚没有法外之地，何况人乎？“唯有它（山脉）接近最高的宇宙真理”，这里丝毫看不出诗人有对山脉的艳羡，也没有对宇宙真理的企图，他只是一个冷静的陈述者。诗人在诗的结尾写道，“在野花/丛生的山顶，一种野生的思想/在慢慢接近久已失去的/地址与名称——称之为苍山”。“一种野生的思想”可以看作是诗人所首肯的美学和诗学，“野生的思想”更为不受约束和丰盈，更易抵达世界的本质。

一种出发的意志

帕斯在《弓与琴》中说，风格是所有写作的起点。从这个角度而言，晚期风格，已不是写作的起点，而是写作目的地的抵达。晚期的“葡萄”，不再腐烂而坠落，它经过手艺的酿造而变成了风格的佳酿，可以储存长久的美酒。

晚期风格，它被限定在一个修饰词——“晚期”之上。晚期，意味着在时间的概念上难以逆转，在既定的文本上难以修正，也意味着内功的炉火纯青、技艺驾轻就熟与游刃有余，也意味着内心世界充满正等正觉、正思维正念，因而可以随心所欲而不逾矩。晚期风格是对晚期“不幸的经验”的颠覆，是在废墟里开出的花朵。

“然而，我想象的晚期是一种力量。”这是一种怎样的力量？一个人不被疾病所侵扰的晚期，晚期是“阴影”。晚期是时间之沙粒在肉身的沙漏之内的流逝。晚期风格是随时间而来的智慧。晚期风格，是用时间的阴影来遮盖耄耋之年的肉身，是用时间来“覆盖了全部失望经验的一小部分”。“他的年岁/比他生活的大部分街区都更古老一些”。理应是街区比人更古老，理应是落叶归根。在一个反常的世界，家园成了一个词典里的词、内心里的记忆。而房子不是家。街区的摧毁与新建，让一个人失去了怀旧之情，这意味着你有随时间而来的智慧，亦有随时间而来的悲伤。

湖对河流的寻找，是对同类者的寻找，是一种流逝对另一种流逝的注视，是一种命运与另一种命运的并行不悖，是汇合、合一，是万法归一，是众到一的返璞归真。一种出发的意志，也是一种必然抵达的意志。“湖进入河，河进入溪，溪流进入源头的水”，进入源头的水，意味着你与“源头”的联结，而不至于枯干；意味着你将要饮“活水的源泉”。这种从湖到河再到溪的转变，是一种宽阔对狭小的注入，是新生的力量和复苏的力量。“一座分水岭：晚期”。分水岭，则意味着今日之我与旧日之我的告别，未来之我与今日之我的告别。

晚期风格，是个人传记，他是一个人不加修饰和删减的“欲望和不幸加以叙述的编年史”。在耿占春先生的《论晚期风格》中，晚期是一种力量，晚期是一种出发的意志，晚期“只存在于一个人最终锻造的话语中/这就是他的全部力量”。晚期风格是集聚毕生之力“最终锻造的话语”。晚期风格，是用话语创生的“另一个我”，是我的意念的无数个分身。“在那里/他转化的身份被允许通过，如同一种音乐 ”。

耿占春以“一种野生的思想”享受着“在野的欢乐”，他确立一种诗人批评家的典范和风格，诗的语言是“创世”的语言，亦是他所珍爱的“救赎”的语言。在《论语言》一诗中，他历数“语言的种种罪状”，如今我们的语言习惯于“杀生”“判决”“肮脏”。他坚守的是这些词的反面，即语言的救赎、赦免和洁净。他呼唤一种净化世界和自身的语言。语言失去了神性，语言不再传递爱和福音，语言里不再有怜悯和救赎，语言失去了诗性，“这就堵住了语言通往欢悦的灵魂的途径，堵住了灵魂通往语言的隐秘的圣地”。他曾坦言，“我随身携带语言和死亡”，语言或诗始终是激活他的感受性的“鲜柠檬”，他面对的不只是一个个没有生命的“文本”，面对这个世界，“可是我会流泪/我的心会悲伤，身体会感到疼痛”（《辩护词》）。他始终对这个世界和世人存有一份深情，对受难的世人，他发出“谁掌握着拯救的技艺”的询问。他的额头上布满智慧的皱纹，在理性的脸孔背后，是一颗诗心和受难的心。“是的，一定要快乐/如果快乐是一笔财富/我就节省一些，偿还或抵押/给那些更苦的人”（《论快乐》）。“偿还或抵押/给那些更苦的人”，这样的诗句是发自内心深处的真情，让人感动，因为他的品格和悲悯。快乐应该还给更需要的人，快乐应该远离权力的干涉。“快乐，就像雷电在沙漠上/挥霍雨水，就像节日里的/穷人，快乐而知礼”。他是一个有良知的学者，他站在了受苦的人和穷人这一边。

“你们已经知道，他的巨著不会/提到我，我隐居在一座船型的山上/无论春秋，在一片雾海中书写/我从未想到我的败北已如此久远”（《失败者说》），但他也不曾想到他的胜利也如此久远，那是诗人的胜利，也是批评家的胜利。诗人和批评家是两种身份也是一个身份，是两种思维亦是一个思维，他只不过是左手批评，右手诗歌，其间是思想的流动，而思想的流动就像是左手交给了右手，河流汇入江海。批评家的他以在另一个人身上发现自我为开始，在精神上假装过上了他人的生活。批评家将心比心，将别人的思想和生活巧妙而合理化地据为己有，在他人的欲望中发现自己隐秘的欲望，在他人的信仰中坚固自己的信仰。批评，就是闯入另一个人的私人领地，绕过无形的地雷和路障，抵达圣地。他要在批评的过程中识别出自己的思想和他人的思想，并将两种思想合流。诗人批评家，只做思想的识别，而拒绝让他人的思想侵入自身。有人曾说他的评总是优于那些被品评的作品，他不是在为那些作品“辩护”，也不是尽一个职业批评家的职分，而是他自己的思想的力量过于强大，他在别人的作品和思想中有一种价值认同，也同时是一种自我的确认。他走在了时代的前头，他不为未来而写作，但引领了未来。

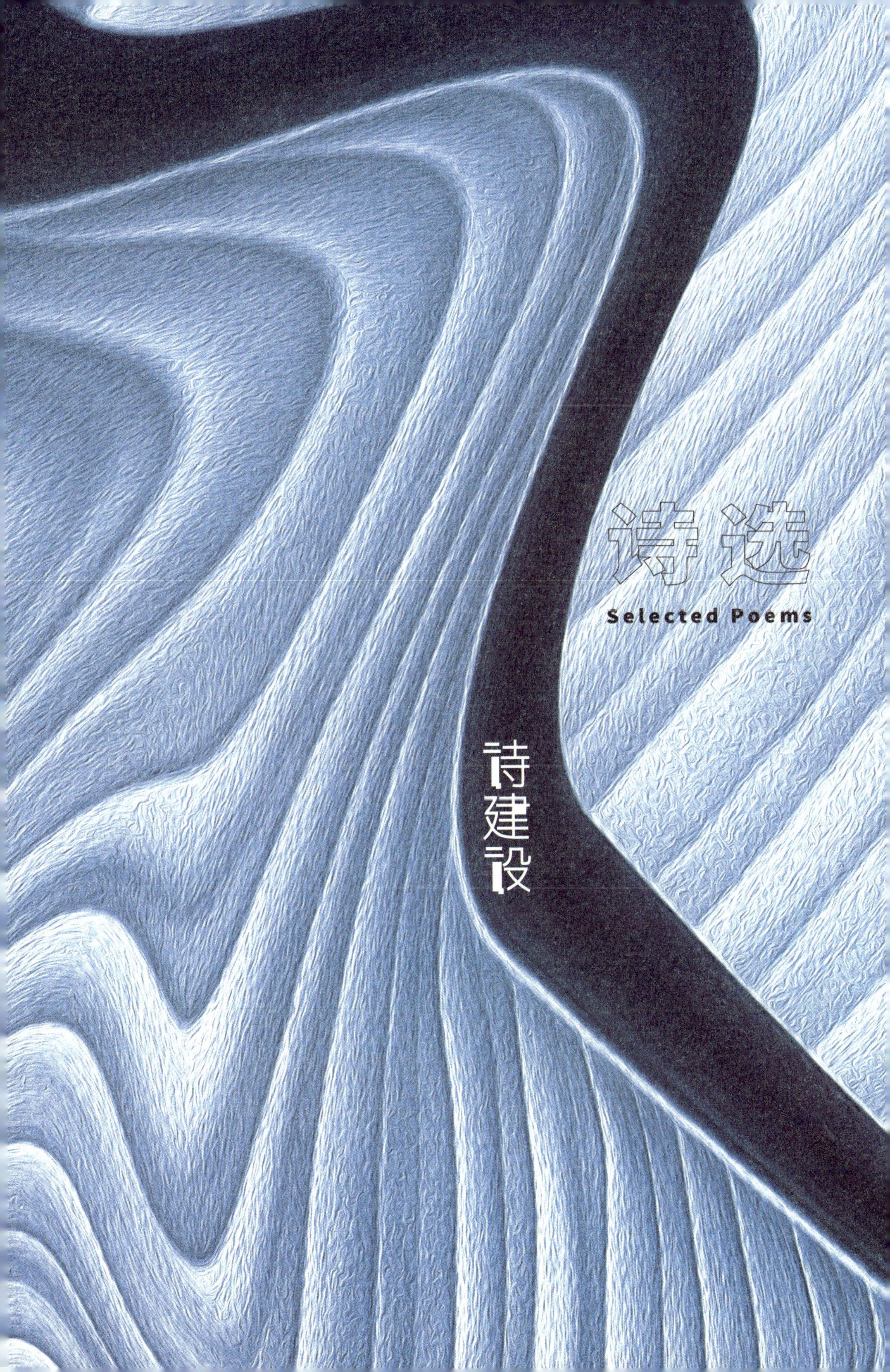

诗选

Selected Poems

诗建设

柏桦

在巴黎·8首

杭州，1253年

年轻黎明来自一枚拉脱维亚宝石
吴文英在杭州丰乐楼凭窗织锦……
我写诗，只是为了消磨时间
我养鱼，也是为了排遣逸兴
死，死了死；生，生了生……
“真的，我简直是相当满意，
处在这样一个独特的社会。”

1253年怎么啦，命运的麻沸散
雁以不材死，树以不材生。
人脸钟头几点？量耳裁愁后
顺风递给水面一个宴室，秋天，
江湖载酒望海潮，锦儿偷寄幽素
我来听桂花影里吹笛到天明……
哪管那来自黑海的商人市列珠玑！

2014.7.24

温州之恋

午后人静不虚，尤在隆冬时节
我俩刚刚安排好了生活——
一年，一两金子；先买米……
可总有什么在消失——吾国吾民？

窦妇桥畔，徐家台门
灶间泥地，酒坛盛米
外婆像孩儿，外婆笑嘻嘻
外婆招引了女儿无来头之笑意？
我们坐下来，“看看倒是落位。”
可总有什么在消失——今生今世？

长凳一条，椅子一把，砖块垫桌腿
桌子杂于一（吃饭、梳妆、写字）
温州晚餐，此刻你我共桌而食：
一碟豆芽，一碟吹虾，一碟麻蛤，一碟炒鸡蛋
可总有什么在消失——山河岁月？
连同我们这昏黑长形的侧屋，在消失……

2013.11.14

追凉——山中小寺

热海有炎气，忆昔好追凉
——题记

潮湿榆荚堆在墙角阴干，趁三大光景
明灯五盏，刚初见，便觉得安心。
湿度大雨将至，闷腾腾；没有酒，什么
又令人醉腾腾；晨昏惊扰了两只燕子

在山中我们开卷，总是从右边开始；
每当夜半，我们的心又总倾向于鬼神。
喜凉天气已凉天，有个闲人吃了睡
睡了吃，采菊才不是他忙的事情。

人席地幕天，久坐多愁，可入门出门
并非说他闲来无事真病了；树上果子
真值得看吗？可惜小寺花飞有底急，
写罢追凉，并非说你诗歌无才是所悲。

黑森林突然摇摆。别怕，翻开书——
“入寺村妇的宽度压倒了半个宇宙。”

2014.2.23

南京，1944

“南京使我感觉空虚，空虚到没有寂寞，也没有惆怅。”
——胡兰成《记南京》

操琴者在梦中摸水玩，
墨沉沉石缸里的鱼已老了，
磨光的金属天空“左右都是个不对”
一个身体起来，又一个身体……

转眼消息正好，浓荫下春光里，
夫子庙的风景供电虽不足，
马路却发亮，风生草书吹了过去
万类的话儿，也一笔雕凿吹了过去——

一个老太婆在瓮里腌菜，你眼尖
看到了，有何感想？老了似人非人
你说你几乎落泪……回家改旧作，

躲寂寞；学姚合，空虚用破心……
想想你要多少心才能度过这一年
这一年南京石婆婆巷，我还在初恋……

2016.10.23

过秦淮

烟花三月，访翠天气，过秦淮
于江畔山岭，于天文渡桥……
侯方域问：会期做些什么？

柳敬亭答：大家比较技艺。
譬如四川有种耙耙菜叫下锅耙。

世间事还真有怪事，遗憾
龟不能交，而纵牝者与蛇交也。
“哥哥高姓，哪里来？”
过秦淮，世间人不称自己为小人，
但称小仙，或小闲……

升入蓝空的布呀，不是俙。
居家乐事，肥猪头烧得软烂？
1901年，有个日本人过秦淮，
他走马先行非小狮，陆八家。

吉。凡事无有不利，淮水无绝……
多年后，又有个中国人过秦淮……
无穷尽包裹万物的风吕敷啊
我只要取一匹，来包我的讲义。

2016.9.9

死　吼

那一天神秘得像创世的第一天。
——题记

人一思考，就走来走去
无一例外？可也有坐着的……
人怎么会有空虚，当我们笑和痛
还有那过路人脚腕上的金链，盼你来看……

牧羊人孤独，牧牛人就不孤独？
大诗人喜欢抱怨，小诗人喜欢张罗。
木匠是上帝创造的，所有木匠？所有人？！

谁说黄桷树的阴凉是因为有我？

其实他的一生在那个下午已经度过了
尸光比阳光哪个更东德？你说说看
闲人不一定是无事人，而病人是？

听听梁宗岱教授临死前夜的吼声吧
我听见它震动了整座医院大楼。
（人因死获得尊严，必死才有了骄傲）

2018.3.25

马

“马有风尘气”——庾信
“马闲无羁绊”——白居易
“马过着自己独特的生活”——蒲宁

鲁云如马，见母如马①
桃花颜色美如马
龙卵睾丸白如马
“一个庄稼汉在鸡蛋中找马”
那匹生了一只兔子的马？
在萧鱼，马口衔木，胖子迎客
抒情诗轻若马面细雨
死神一尊！坐在灰马上。

小马耳通人性，
小马脾易喂养，
大马肺善飞奔，
大马心不惊跳……
马带电，马骄傲，马热烈
黎明的耕马呀，
跑得愈快，样子愈愤怒

“马何时睡觉，怎样睡觉？”
马每年杀一次人，怎样杀人？②
人站马脖子下安全，

人站马屁股后危险。
但“做官就是荣誉，
就能骑在马上，
就能找到水源”。[③]

①“见母如马”，说法很怪，见段成式著：《酉阳杂俎》，其中还有：见母如鹅，见母如牛。

②马如何杀人，见蒲宁著：《阿尔谢尼耶夫的一生》，长江文艺出版社，1984，第38页。

③“做官就是荣誉，/就能骑在马上，/就能找到水源”见陆忆敏诗歌《沙堡》。

2018.2.17

在巴黎

永恒的俄国北方
永恒的星空晴朗
天边闪着电光和北极光……

世事难料，我开始了流亡
从敖德萨到君士坦丁堡，
再到普罗旺斯，又到巴黎。

你还那么着急吗，蒲宁？
未雨绸缪不只关乎年老，
任何时候都有必要。

生活真长……在巴黎
我现在觉得自己才二十岁
心想着幸福也没忘眼前生活。

（那天和纳博科夫谈心后
他的长围巾一寸寸被扯出来，
就像解开了一个木乃伊）[①]

整整二十年，在巴黎
我零星写作，不想说话
后来，为什么我写得很多，
说得也不少？

①“他的长围巾一寸寸被扯出来，就像解开一个木乃伊。”见陈东飚译纳博科夫《说吧，记忆》，花城出版社，1992年，第244页。

2017.3.17 于新加坡

黄纪云
幽会与幽愤·11首

向秋天看齐

向秋天看齐，果实妆成
向冬天看齐，乱雪撒无声

没颈椎病，向颈椎病看齐
有颈椎病，也向颈椎病看齐

除非郑和船队遇上西湖里的“宋”
（知否？知否？应是“唐”肥“宋”瘦。）

在这里——
天地是个边缘问题。祖传秘方
才是硬核。不错，你是一尾好鱼。可为何唧唧不休

知道向谁看齐吗——
向大鱼看齐。向西湖看齐（只要它不奉行单边主义）

至于另一尾，一看就知道是个自由主义
让它折腾去吧。湖边那些钓钩儿整整等了它一个下午了

“西湖的水我的泪
我情愿和你化作一团火焰”——可我不知道水火如何化生
算了，这说不清的爱恨。向雷峰塔看齐。记得，不是保俶塔

2017.9.5

遇　见

遇见“是”。“不是”尖叫。因为
西湖里的小鸳鸯快被野鸭子吃完了吗？
被“无我”修剪的走廊，

只剩下你。——当然，还有他、
她，或他们——那些为你纠偏的背景。
此刻，窗外，树叶正在“所知”与

“所讲”间摇晃。走廊也开始摇晃了。
然后，像蛇一样绕开“环保问题”……
留下“不懂几何者禁入”的牌子。娘子啊，

这湖面，怎么还这样涌动着
十万个卵泡呢？从倒掉到重建，这世界，
一直在祛魅——包括爱情。至于，

青山为何不老？杨先生说——
一是基因好；二是年轻时，在“西南联大”，
虽然清苦，但没有挨饿；三是近代

科学昌明。七十五岁那年曾得
轻度“心梗”。在美国做“心脏搭桥”，很成功。
——“菊花王朝”受制于“菊花”。一个人的

王朝却如此享受“飞矢不动”。不过，
还是临水的茶房最江南。只要鸳鸯还玩“三十六”。
走廊像个“联邦”共和国：君臣佐使，各有所司。

2019.6.8

琴　问

一柱香，如婴儿
吮着自己的手指。《高山》《流水》
脚着木屐……

而从旷野上赶来的，是限速的心跳
——说主人善于造境。因为小，所以深吗

——除了墙上，那
乳白色的兴奋，什么也看不清
——镜片起雾了？（灯光冒汗是因为紧张）
——外边冷，先喝一盏大红袍
莫辜负主人殷勤
——能将手上的两个手机关掉吗

——这年头，连谈恋爱也离不了它
那个类似“木石前盟”的“萤火虫之约”
不就是这个冬天的
某个深夜，手机打得耳朵发热才定下的吗……
——突然楼下传来一阵笑闹
接着，楼梯上响起耳熟的脚步声——
主人送来两碗刚从灵隐寺领来的“腊八粥”。还热的

2019.2.8

弦　索

一根弦就是一条河。
发情时，就是一江春水。
那么七根呢？
你说和七座“港珠澳大桥”有什么不同？
——归心似箭。（当然，我不知道，
你的心是否也和我一样
还在远离你的身边的地方游荡？）

从小祖母管我叫“清义”。
父亲不高兴。后来祖母一咽气，
就将我的名字改了。
想不到，今晚，你竟以“清仪”二字
为这架古琴命名。
——这是催我想起抑或忘掉什么？
“义”的边上加一个“人”（应该是女人吧）。

合“礼”。合“法”。
合“古人之象”。哦，“古人”，
他是谁？——冬夜的月光照得我饥渴难耐。
“古人”与天地合谋，就像你的手与古琴形成的
某种姿态？今夜无眠——
长裾、夹克、仙雾、神马……从这像高士似的“干尸”里，
以“天籁”的名义，化意识为多余的噪音，好不热闹。

2019.2.7

当你老了

灯光组建着身体性。
黑暗迅速抵达它的
周围。
楼梯如舌头伸出带齿痕的那部分……
把声音踩死。不能惊醒她的白天也会梦见
她的祖父的老祖母
（为此，老人家革了一辈子的命）。

毕竟黑暗不是药。
呼吸急促，也不是因为灯火如钓钩似的
摇晃……
可谁又想到，四十年后那被拯救的恰是
世代重复的老调——天干物燥，小心火烛。
至于爱情。
除了——关门关窗，防偷防盗。还能说什么呢？

2017.6.10

在江南

颤抖是微微的。
如两片发亮的叶子。

藏壮心于气息

——煎熬也不例外。

江南是什么?
不只是缺了圆，圆了缺的明月。

不觉得这儿就是“风口”?
尽管它并不临水。

进入深水区，需要年份的脚尖。
“八千里路”，就算是命运的派对。

但愿这下午，这时间的孤儿能扯住
补丁打补丁的夜晚。

（其实，我只要一小块。）

让你的侧影
那完美的45度轮廓线，在灯下，嵌入江南。

2018.10.19

梯　子

梯子从他的头顶往上长。“你下来，还是
我上去？”——他几乎每天都为这个问题苦恼。
“人，难道不就在
不断寻找保护自己的力量的过程中走向死亡？”

——天亮时，梦准备离开。终于被他逮住
扔在地上。让他惊愕不已的是，
眼前这一闪一闪的小家伙竟很像他的老母亲。
“哦，原来梦就是我的袖珍的母亲。我能带它

一起上天吗？”——对自己的没把握，似乎
让他获得上帝更多的关顾。那梯子越长越高。
在一个漆黑的夜晚，一颗向来
安稳的智牙打响了暴动的第一枪。第二天牙齿

罢工，让他吃不成饭。只好减轻它们负担。
但没想到梯子的摇晃让他更受不了。站不行。
坐也不行。“跪！我有信心。
上帝会听见我的祷告。”——梯子还是不停摇。

“你是个有道之人吗？”梯子问。“是。”
他答道。“古人云：‘有道之国，在于弱民。’
那有道之人，在于弱肉呢，还是弱灵？”
梯子问。——只见他
双目紧闭，有气无力（青光眼发作，眼压升高）。

2016.8.10

顺时进行曲

中医模式。晚年
顺时。
半个月亮……就半个，让它拳头似的
晃动。
反正你不想看我，我也不想。
你跳你的舞，我走我的路。
以“秀”观秀，当高楼立地成“刀”时，
被灯光涂抹的钱塘江
也无非如一段蚯蚓似的愁肠绕着“长寿梦”
骂娘。

江风
忙得像二哥——丈母娘死了，
挤不出时间去送葬。
却被那些“追金沥粉彩画寿星博郎鼓儿”似的
脚领着满大街跑。
不过，别忘了风向是中药，说不清道不明。
上医、
中医、
下医，
兄弟们，划啊，前面就是撑不死的“花柳繁华地”。

2017.6.3

幽会与幽愤

对于溪滩上那些树林，风
总是游离不定。
初次幽会。譬如，你正准备向目标
逼近时，突然传来异样的响声——仿佛
宣判大会就要开始——你想跑。
跑出罪恶的阴影。——阴影
如裤衩、胸罩。你能摆脱它的革命性？
此时，溪滩就是刑场。唯一选择，

让子弹飞。不，替自己
卖命。就像大禹治水，朋友圈治霾，
孔夫子诛少正卯。
与其在承重墙前，构成“死亡凝视”，
不如“日用间随处体认天理”。可是，
“大哥……我喜欢被动。”
就像那些在溪流中裸奔的鹅卵石。优势人种
对你礼貌，不要以为他文明，这是政治。

2017.1.7

白箬岭

从冬至日看去，如同刀痕对于母腹，
那被废弃的蜿蜒并不多余。
（其实，日子并不孕育什么。就是
这些椎骨似的穿越阴阳的好日子，
也并没让攀爬的影子发福。）
被风靠近的事物，再次冰释。
白衬衣，草绿色裤子，流水一般在暮色里发亮。
尽管她那刚红过的眼眶总是遭到疲劳疯狂的挤兑。
尽管良心早已被爱情认领。而两只堕落的
蝴蝶战斗机似的从那著名的城楼上空呼啸而过。
啊，我爱你，白箬岭！
“白箬岭头乘凉。”——在老家，
是一句口头禅。意思是，不要想得太美。

可想见，当年，这条用光滑的溪石砌成的山岭
是如何琴索似的拨动着村野鄙夫们的柴米油盐衣食住行。
当我再一次抬头仰望，瞩视的目光
终于被祖宗接纳。唯有她，
还坐在岭上那破败的路廊里（风将她的手吹得很白），
教她心爱的教书先生怎么卷衬衣的袖子。

2016.12.22

另一片

我寄居的叶子，紧挨着
另一片。
（其实，家园是可以脱离想象力而存在的）
边界如锯齿闪耀。但，总不至于看不见我的
雌雄缝，沿着溪谷，隐隐约约。

我不知道如何向它叙述我与我的地址的关系。
秋意被挡在了大洋的那一边。
它的身体也会因季节性刺激而膨胀吗？
譬如文房四宝、水晶棺、“葛优瘫”或“中国睡”。
（把音量关小一点。别打扰人家在海滩“美黑”）

切断连接世界的“冷链”，此刻，我想拥有
一个烂苹果似的脑袋。小国寡民。谁说不能“寡”到
个位数呢？老婆啊，有没听到孩子们的
嬉笑声从前院传来。
（在为爱烦恼的那阵子，我曾请过一位上师为我加持。
当时似乎什么都明白。后来，又似乎什么都不明白）

2016.7.24

沈苇

凝视·10首

凝 视

镜头是最为专注、固执的凝视
照相机和摄影机拥有人的目光
此刻，在清晨的寂静空蒙中
持镜人躲在镜头后面
一寸寸探索前方……
前方出现熊的庞然背影
它的跋涉不被凝视打扰
它哼哧哼哧，正受着
后脑勺缺一双眼睛之苦
接着，是一只警觉的野鸡
因为胆小，它的目光朝向八方
当目光与镜头的目光相遇
野鸡就像闪电一样飞走……
一切能够奔跑和飞翔的事物
都悄然溜出镜头的捕捉
包括天上俯视我们的云朵
以及躲藏在云朵里的雷神
留下土地、森林、房舍、石头
这些古老、令人放心的不动产
现在，镜头继续探索前方
在无边风景中逮住一块石头
镜头逼近它，凝视它
抚慰它，瓦解它的暴怒
瓦解它沉重而无望的挣扎
……石头安静下来了
持镜人也化为安静的一部分

有时，凝视之物会突然反击
孤零零的镜头后退一步
当它神经质地扫视后路
瞬息就坠入无边的黑暗和虚空

夜　晚

没有人看见他踏入整体的夜晚
神智的合一，被一道闪电撕裂
接着是雷声，接着是突然的暴雨

没有人看见他踏入不安的夜晚
一个灯笼般忽明忽暗的主体
像赞念，终归于万籁俱寂
只有夜鸟的呢喃，被星光抚慰

没有人看见他踏入异乡的夜晚
一座移动的孤岛，须架设起桥梁
才不至于在海水或湖水中溺亡
夜啊夜啊，一种困厄的沉浮
需要彼此认领才能逢生的突围

没有人看见他踏入救赎的夜晚
他是单独的，孤零零静坐，游荡
却常被远方的音讯和不幸弄伤
就这样沉思着、默诵着，祈祷着
在月光发黄的留言本上写下：
"无缘大慈，同体大悲。"

多年之后

多年之后，当我从异乡
风尘仆仆归来，站在村口
新建的房舍像一种密谋

将百余年的老村庄抹去
挖掘机轰鸣，电钻的磕头礼
给土地打入新一轮鸡血
村道断了，各家的门窗紧闭
留下的缝隙，供记忆闪烁
甚至桑园、稻田也关上入口
我怀揣远方和星空的秘密
默默走在消失的人群中
早年的桂花树，悄然移进梦境
早年的贫瘠，正在变成一座矿
早年的亡灵，像我一样归来
疲惫的他们，身后拖着一条
尘土飞扬或泥泞不堪的路……

疾　病

在帕斯卡尔那里
疾病是上帝的
教训、恩宠和仁慈
“上帝通过人得到救药
的微不足道，向他指出
落难的微不足道。”

在特蕾莎修女那里
疾病是上帝的
眷顾和慷慨之爱
垂危的修女在祷告：
“上帝啊，
您为什么如此爱我？
请爱我少一些吧！”

解　救

深山。寺庙
洁白的玉兰花

肥嘟嘟落下
瞬息化为脚下的泥

几根荆条般的
光秃枝丫
从天空递过来
解救她
于缭绕的云雾
和翻山越岭的劳顿

第九个梦

在我记录的第九个梦里
悬崖上的故城撒满葡萄干尸
水井太深，快要到达地核
攻城的草原士兵并不狰狞
长着一张张无辜的娃娃脸

接着，另一座遗忘的城
时钟停摆，马车歇业
郊外黄沙漫漫，寸草不生
水井太深，快要到达印第安
诗人们从夜莺变成啼血的杜鹃
啼血，并挖掘穴居的洞窟
“不必醒来，不必漫游，
醒来，也是魔幻梦魇诗。”

一百米外的远方

已经没有多少土地可以种下死者
让他们在泥里发芽
头发像青草一样茂密地生长

已经没有一个吻
可以找到凋零的唇

死亡提前透支了它的温润

受伤的人来自远方
幸好，他们的骨头没有散架
幸好还有呼吸和室内的狂奔

一百米外的……远方
是千丝万缕的他人的生活
是你领域内的
泪水和毁灭，暴戾和死亡

一百米外的……死亡
像果子，滚向生活的暗角
那里，黑夜一再经过
星光留下惨白的鞭痕

那里，死亡那边生长的事物
真切如亲人们的叹息，参与了
你的梦境，你静默的现在时

运砂船

混浊的运河上
运砂船吃力地航行
像移动的沙漠
承载着沉闷的雷声

人　间

像死者那样看着这个世界
蜉蝣的辛劳已忽略不计
亡灵归来，步履踉跄
假装活着的人，遁入大雾

像死者那样看着这个世界

星星是天堂抖落的熟果
月亮在史书里哈哈大笑
这个人间，如此偏僻遥远！

为白杨而作

绿洲的银柱，到冬天
更加挺拔、简约、尖锐
白茫茫大地进入木刻时光

积雪掩盖疯汉胡须般的麦茬
将光秃秃的树身变成
刺向天空的长矛和利剑

大地已停顿，沦陷
像一只深藏的墨水瓶
白杨有足够的墨水用来痛哭

寒风入骨，抖落的枯叶
它失去的浮华和言语
这赤身裸体的哑默之树
正从冬眠中警醒

风的起义，使它揭竿而起
风与风、树与树之间
一种无名而沉雄的力
在寻找生与死的裂隙……

越过整齐划一的白杨林带
是风暴的耕地和旷野
呼啸或呜咽，都是
大自然出示的绝对权威

梁晓明

谒庄子故居遗址·6首

细雨，坐在阿炳墓前兼思天下第二泉

天下第二
清水。却称泉。
波涛汹涌的英雄澎湃
它轻指弹开，却不是软泥与评弹
顺着细微的雨丝，它下到江南
也不雄伟，只是清秀与轻嗅
伸手软折三两枝没落的桃花，在初夏
顺着弯曲丰盈的石巷与楹联
有窗棂、雕花的门框、红丝巾在妩媚的手指尖微挑
那是过去的无锡，过去的阿炳嘴边
最为得意迷恋的一两丝梦寐
半夜扶梯过墙多了，眼睛迷失
留给了过往的青春和轻狂……

两根弦，是胡弦，却又不是
胡弦，细拉在中国低于胸脯的下腹
那声音，幽怨悠远却又有缘，三十年前
被我在浙江听到，就像此刻
三十多年后，我又重来
坐着，看着你，
还在奋力
还在
细雨中
低首蹙眉
沉湎细节的变换

无结尾，就此搁笔。
来一句格言：风来风往
我岂不是另一根低拉和滴蜡的丝弦？

2018.5.23深夜，于杭州翡翠城

桃花潭：在汪伦送李白处想起杜甫

诗是你家事[①]，你要打理、统筹，天晴
露笑容；天阴下雨，你就担忧
妻子瘦，孩子饿，你去大街上摆摊卖药
但卖药不是你家事，你回家
小儿饿死，你前几日已经哭过
此刻再哭，泪洒破衣襟。杜甫
所以，你的诗沉重

你干脆将沉重进行到底，挥手向苍天
你含恨发誓：语不惊人死不休！
哪怕八月来大风，哪怕大风
吹走了你的茅屋顶
你坐江边，依然说：
但愿天下寒士俱欢颜，吾庐独破
受冻，死亦足。

你这种个性，叫我怎么说？
你喜欢李白，对他来说
诗是他手中挥出的黄金
他昨夜痛喝，频频下喉的那几大杯米酒
喝下就是完成，写完就毛笔一丢
再看白云，再敬亭山
闲坐，或者就入
桃花潭游泳

谁知道呢？那时没有泳裤
他完全可能躺在江边
让月光用清风把身体吹干

也可能就在，汪伦的身边

唐代两诗人，就这么在我前面
随意乱走，他们写诗
没有理论，他们的生命就是理论
鼓掌或悲泣，把归宿安排在行走的途中

桃花潭水深千尺，李白与杜甫
如果我在，我愿意送你们
当然也愿意与你们一起不顾是非
更不顾日月地
终日醉酒。

①出自杜甫诗《宗武生日》诗句："诗是吾家事，人传世上情。"

在太仓，掂量着郑和的七下西洋

最后一枚铜钉自船首落下，自海风中落下
自一片翻卷的旗帆中落下，最后的铜钉
也落在郑和浪涌的内心
下西洋，抬起头来，前程的命纹划出了手掌
也划出了大地最后的指向
唯余低首，唯余上香，唯余虔敬地步出太仓，步向
天妃：此生是皇帝手中挥出的一只鸟
也是郑和向命里飞起的一双翅膀
踏波走，出发，数万儿郎
从此桅杆就是故乡

我来敬酒，郑和，你没鸟
却是古中国飞出最远的一只鸟
你没鸟，却硬邦邦站立在这个国家

喝吧！随风而去，我拍案惭愧
手边这越做越精致的酒浆……

2018. 9.18

北宋皇陵

南宋没有皇陵，据说皇朝相信总有一天他们还会来到北方，还会和祖宗们葬在一起。生在苏杭，葬于北邙，这终于也成了南宋的一个梦想。

我一个人来，生于江南，是的
我从江南来，若是在大宋
我便是一个微小的子民
但是葬于北邙，
我何时听说？
我生于新中国
长在红旗下
大宋的大旗从未招展于我的头顶
我家右边八公里，岳飞持剑傲然眺望
他的满江红刷在墙上，我打小去看
秦桧跪着，表情沉痛，你怎么打他，
其实他都不痛，他的老婆也跪在一边
其实她也不痛，死后的事情
只有你我在书里念叨，
在喝酒时，我们说大宋居于北方
可是如果跨过黄河，摇曳的南宋
将去向何方？

整个皇朝，七个皇帝埋葬于此
还有寇准、包拯、杨六郎、赵普和高怀德
一整个辉煌的过去埋于地下
又有谁？
对着荒草说天下的文章？
葬于北邙，老师没有教
广播没有说，但是今天，我一个人来
我听到这里，忽然明白，为何南宋
没有皇陵。

我慢慢散步于空旷的北宋皇陵
我来自南宋，来自生长的好地方

但是这埋葬的家乡，我摸着沧桑的石像
我是该硬起心肠穿上北宋的战袍
还是该悠闲荡舟在南宋的湖上……

2019.5.30 星期四

谒庄子故居遗址

宗仁发兄于残碑处发现庄子故居遗址，我等寻去，只见荒草萋萋，林木萧然，十几只羊沿着老羊倌的鞭子随意徜徉……

无辉煌。无金漆翘檐傲目雄视夕阳
不比负名一方，更不比圣殿封印，
随风随云随足下蚂蚁自然
微笑以及微泯。

无用才得大用，恰好反驳了荀子和司马迁
人要作为，恰好做成一个伪字
以致伤身伤心伤亲属邻人

死如鱼起，又如象入荒壑

乱寻一土丘住下，无辉煌
更无金漆翘檐傲目雄视夕阳
就连这土丘，也是后人寻来祭奠

恰如此刻，两千多年后
在一块残碑上
被东北大汉宗仁发认出
被我们寻见，荒草俨然，林木自立
老羊倌随意挥出的鞭子下
十几只山羊晒着夕阳……

附录
荀子：庄子蔽于天而不知人。

司马迁：其学无所不窥，著书十余万言，大抵率寓言也。善属书离辞，指事类情，用剽剥儒、墨，虽当世宿学不能自解免也。

李白：万古高风一子休，南华妙道几时修。谁能造入公墙里，如上江边望月楼。

白居易：庄生齐物同归一，我道同中有不同。遂性逍遥中一致，鸾凤终较胜蛇虫。

苏轼：吾昔有见于中，口未能言。今见《庄子》，得吾心矣！

有感：向社会、历史作书做规划者，避庄而鄙庄。向自我内心作抒写作诗者，受庄而尊庄。

2019.8.20 于杭州翡翠城竹苑

两种鸟

怒而飞，其翼若垂天之云。（庄子《逍遥游》）

起飞，因为怒。
因为展翅三千里，抬头九万里

蜩与学鸠背不宽，翅膀也小，如果它愤怒
它也飞，溅起一些微尘与草芥，能让屑末带走愤怒
它也安心，与床安眠也能深入梦帷

倒过来，如果鲲鹏体型如学鸠，如蜩的短须短于指甲
那时它愤怒，或者它干脆不飞？因为天道指示
小动物自该做方寸之事，让该飞的去飞
用愤怒做力量，把身边的方寸清理洁净
是否另一种起飞的姿势？

相看两不厌。问题是，我们常常相看两相厌，
更何况鲲鹏展翅从不考虑蜩与学鸠的家园和眼睛

我空空白白地坐在庄子墓前
我不是鲲鹏，但我是学鸠？
我眯眼细听我尚在起伏的迷茫的呼吸……

2019.8.22 于杭州翡翠城竹苑

森子

在宜昌面对大江而作·7首

鹿邑，老子故里

一出生他就是两个人
三倍的努力
一步到位的衰老让万物没一点脾气
你说，你做不到
干吗要做呢
要做就像涡河那样随意来去

我从远处来
抄了高速的近道，即使在这首诗里
誊写一遍豫东的小麦
我还是不知道有谁知道
饱满的真实含义

粉碎的颗粒带来新能量
因为智慧园和幼稚园都栽种
同一种形式
铁柱开出鞭花
在旧衫比新衣还时髦的发布会上
驱赶群山集体缺席

他一出生就是万物和三个待命的人
一个活着死去
一个死去活来
失踪者留下五千言作为失踪的证词。

天中山一日

——寄怀颜鲁公[1]

这一天，颜鲁公受困蔡州
离死仅隔一张纸
这一天，颜鲁公立笔为木
青鸟看见树影长出嫩芽，同他说家乡话

这一天，颜鲁公洗手，满手都是砂砾
一种折磨的必须就像取火的燧石
颜鲁公纵身向火，如果不被拦住的话
天上的彩虹就会多一条绷带

这一天下降了几厘米
理想的身高是承重之后的赑屃
将压力传导给俯卧的大地
这一天，李希烈想什么，没人关心

这一天，一直在等一场大雨
那时还没有宿鸭湖，但有野鸭前来报信
颜鲁公见来者便拜了两拜
无怪乎朱熹说他有忠而无智
但眉头稍微一皱便是大智若愚

这一天，颜鲁公气炸了肺
山崩了几厘米，死期不可再期
这一天，寸草从颜体中起身，看见了晨跑的学童
这一天是天上的一日，千年后
理想的身高并无丝毫增长。

①即颜真卿，唐代名臣、书法家，封鲁郡公。兴元元年(公元784年)唐德宗派颜真卿到叛将李希烈部传达朝廷旨意。颜真卿明知此去凶多吉少，还是毅然前往。颜真卿被李希烈扣留，后又被送至蔡州（今汝南城），终被缢杀于汝南。现在天中山碑上的大字，即颜真卿在汝南时所写。

过悟颖塔[①]

光线不对影子负责
时间不对钟表心跳的快慢负责
事件不对当事人负责
影子不对人物的行踪、臧否负责
历史不对当下的好恶负责
而肉体想对灵魂负不了责，或是推脱
真的有事，顾不上

天就要黑下来，驻马店
不对皇帝的困倦、动物性的比喻负责。

①悟颖塔，相传为唐代和尚悟颖所建，坐落于河南汝南县城南，与南海禅寺隔河相望。传说每年夏至日中午没有影子，又名无影塔。

出上蔡东门

你看见黄狗在跑，李斯出了东门
黄狗在追狡兔，狡兔在追李斯
李斯在狡兔追上前伪装成燕麦
……这样的平民长势良好

李斯用力过猛，跑到了黄狗的鼻尖上
狡兔急刹车进了地下车库
黄狗追丢了目标，就去嚷李斯
李斯可不是蒿草

亡秦前，李斯的腰先撞了终点线
他本想跑得比咸阳的落日慢一点
可名牌鞋不听脚的使唤
碰线时他也没弄明白，是猎物在追逐他

噩梦中醒来的李斯朝着两个方向奔跑
——黄狗的专横和狡兔的自由

首先他要完成两个半身的统一
这比灭六国难得多

他还是要先追黄狗，再追狡兔
结果两个他都没能追上
黄狗成了勋章，狡兔成了草本
植物，而他成了沙丘

因此，他想重新回到起点
牵黄狗出上蔡东门
东门外，芳草萋萋俨然如观众
狡兔们在等发令枪。

在宜昌面对大江而作

不相信等待
已经没什么可等的
你如江流分家，从闹市旁经过
前方有一个坝，后面还有一个
友谊和爱情都被截流
你没有故事，可以不说话

一艘驳船驶向中游的码头
三艘货轮开往下游的闸口
你应该练习闭嘴，鼻孔朝天出气
不舒服就是很舒服了
丘陵和平原同意，群山也只有点头
即使大海反对，那也不关
你的倒影有几许深情

江水输送过动植物的体液
枪炮、煤炭和烟草
也换洗过大地的床罩
你茫然意识到过往经历之美
有落差和出处
独缺一把砍伐意义锁链的斧头。

马鞍垛下的帝王游戏

话说，刘秀跑到这儿，意义已经快被穷尽
满山都是王莽的语境
尽头就在眼前

刘秀如果就此认输
做一位诗人隐居起来
花岗岩一定比顽固的脑壳还要开心

王莽知道，他永远都撵不上刘秀
不是说刘秀有多聪明
而是替身和潜伏的关系

民间传说的价值
在于不断重复这一狼狈的时刻
为大自然化装，方便野兽与人类翻脸。

楚墓与天空

我正在写楚墓，奢华的死和编钟
经奴隶的手而忘记奴役

一阵轰鸣自东北方向来
飞行的工具梳理着蓝色的皮革厂

这个比喻现代化色彩浓重
如果你在喝啤酒就会涌出多余的大麦芽

那么，自由可以反对我
奴隶也可以反对不死

大干快上的楼群和吊着膀子的吊塔
就会在积水的楚墓中找到北斗下坠的方位。

李少君

通灵的特使·10首

傍　晚

傍晚，吃饭了
我出去喊仍在林子里散步的老父亲

夜色正一点一点地渗透
黑暗如墨汁在宣纸上蔓延
我每喊一声，夜色就被推开推远一点点
喊声一停，夜色又聚集围拢了过来

我喊父亲的声音
在林子里久久回响
又在风中如波纹般荡漾开来

父亲的答应声
使夜色似乎明亮了一下

神降临的小站

三五间小木屋
泼溅出一两点灯火
我小如一只蚂蚁
今夜滞留在呼伦贝尔大草原中央
的一个无名小站
独自承受凛冽孤独但内心安宁
背后，站着猛虎般严酷的初冬寒夜
再背后，横着一条清晰而空旷的马路

再背后，是缓缓流淌的额尔古纳河
在黑暗中它亮如一道白光
再背后，是一望无际的简洁的白桦林
和枯寂明净的苍茫荒野
再背后，是低空静静闪烁的星星
和蓝绒绒的温柔的夜幕
再背后，是神居住的广大的北方

废　园

表面随意生长的花花草草
其实都是精心挑选出来的

看似杂乱荒芜的园子
昨天刚刚细致清理过

连那些似乎漫不经心的行人
也是专程赶来的游客

只有小兽例外，一闪而过的影子
它的惊慌是突然的

西山如隐

寒冬如期而至，风霜沾染衣裳
清冷的疏影勾勒山之肃静轮廓
万物无所事事，也无所期盼

我亦如此，每日里宅在家中
饮茶读诗，也没别的消遣
看三两小雀在窗外枯枝上跳跃
但我啊，从来就安于现状
也从不担心被世间忽略存在感

偶尔，我也暗藏一丁点小秘密
比如，若可选择，我愿意成为西山
这个北京冬天里最清静无为的隐修士
端坐一方，静候每一位前来探访的友人
让他们感到冒着风寒专程赶来是值得的

春　寒

又一个幽静的所在
是灿烂野花的秘密行宫
是繁茂草木的深邃渊薮

这藏幽纳静的所在啊
暗地里依恃着清水的涵养
绿杨掩映下的深潭
青石板路上滑腻的苔藓
还有啊，雨后寂寞地等候着的
只容得下一个人过去的小木桥

只是，在此处，林深暗淡了桃红
清贫，抑制了酒色

热带雨林

雨幕一拉，就有了热带雨林的气息
细枝绿叶也舒展开来，显得浓郁茂盛
雨水不停地滴下，一条小径通向密林
再加上氤氲的气象，朦胧且深不可测

没有雨，如何能称之为热带雨林呢
在没有雨的季节，整个林子疲软无力
鸟鸣也显得零散，无法唤醒内心的记忆
雨点，是最深刻的一种寂静的怀乡方式

秋　夜

柏森祠堂深藏的鹧鸪呼唤出暮晚
金水溪桥边，星星们和三两闲人现身草地
桂花香浮现出散逸的清氛气质
映衬着城中万家灯火世俗气息

锦里方向，华灯闪耀，夜生活一派繁忙
人们在炒菜，吃饭，闲聊和打扫
一家人围坐沙发看电视，一个人站立阳台发微信
每一间窗户里都显出人影幢幢的充实

我站在不远处的高台上，看着他们
又仿佛自己正寂寥地置身其中
我和他们平分着夜色和孤独感
我和他们共享着月光与安谧

常熟记

常熟是一个浓缩版的江南小城
兴福禅寺的覃油面，方塔街的包子铺
热气腾腾地渲染着日常生活的气息
老街的青石板时不时地被高跟鞋叩响
旗袍女子飘过，栀子花香随之洒满一路

尚湖是一片睡在飘拂垂柳之下的绿水
古琴径传云外，数只白鹭悠悠远去
当然，湖水的鲜绿，鱼儿的活泛
还有赖于运河上小船的殷勤穿梭
以及湖边草丛里野鸭子的喧哗折腾

虞山是一座草木蒙笼的青山
它的高度，由长江下游堆积的巨石烘托
那枚别在树梢的云霞，是天空褒奖的徽章
最让人肃然起敬的，是在郊外
鸟鸣覆盖之下，沉睡着一些伟大的灵魂

忆岛西之海

有些是大海湾，有些是小海沟
比起东部的海，它们要寂寞许多
大多躲在密密麻麻的木麻黄的背后
要穿过大片的野菠萝群才能发现它们
在被人遗忘的季节里，浪花竞相绽放
一朵又一朵独自盛开，独自灿烂
独自汹涌，独自高潮，再独自消散
若有心人不畏险阻光顾，惊艳之余
还会听到它们为你精心演奏的大海的交响曲
和月光的小夜曲……
如果你愿意一直听到天亮
还会获得免费赠送的第一道绚丽晨光

通灵的特使

这只猫，深养于书香之家
狂躁的脾气早已修炼得温柔恬静
沉香之韵味，诗画之优劣
它一闻便知，但不动声色

它对俗人也一闻便知，会躲得远远
若遇心仪之士光临，它会主动迎上去
乖巧地伏在桌椅边，半闭着双眼
聆听主客对话，仿佛深谙人世与宇宙的奥秘

雪迪

海滩上的鼓手·4首

回　音

两片像帆一样的布
使那个姑娘
在烈日中走动时
全身起伏。青春
是掩盖沙石的潮水
是涨潮时，一浪一浪
向前的水；逼迫望水的人
退后；把那些
在深处的碎裂物、太轻的
草，抛甩在岸上
招引长喙的水鸟，愉悦
那些在水里捡贝的人
他们弓着身子，和退潮的水
抢圆润的小物品；像这样的美
和我们的肉体，抢时间

这样的美，连灵感
都不是自动光临的
字掉出来，音成为乐
诗知道怎样使肉体
充盈神性；人就有可能
变得美好；最好的
发光。我们感觉得到
无边无际的祝福，在我们疲顿时
帮助我们；像一只白鹳
在飞行时骤然转向，伫立在水边

云层使落日瑰丽、壮观
傍晚的海滩上，更多
朝向落日默默无语的人

撒网的人，在大海暗下去前
想在网里看见什么
整个晚上，我尽心竭力
想为47岁的生命留住什么

海岛的暴雨

大风起，海水横流
那儿，黑鹳打开两翼
我看见风向；看见
一哩一哩移动的风
水面比水更抢眼，风来时
更动感情。此时柔顺
远处就有一卷卷，覆盖百哩
匆匆滚动着打开的丝绸
离乡太久的人，此刻望水
唐朝就在那里；深处
美人无数。此时暴躁
近处就有城墙崩塌，人群
疾走；白鸟黑鸟长唳
混淆着，四面飞翔；地下
震响着无数蒙冤的人
击擂的鼓声，雨急时
重情的人可以听见

重情的人，是不改国籍的人
远离亵渎感情的地带
尊敬古人；洁身，自爱
不能违背心意地活
从此在异地。因异
而到它地；因地
离开的和借居的地

而异。大风起
海水横流，苍天多色
人群一股股，随
滚动的黄沙急走
望海的人，独自
站在雨水里；水冷雨暖

海滩上的鼓手

大海在风中退潮
水退一步，浪向前涌二尺
浪涛使风向上，一寸
一寸地弯着，然后
像寻短见的人，砸下来
那声音里含着更多声音
听上去是空的；使心
难受；离水太近的天空
显得多么苍白。一位
鬓发斑白的人，独立
水中，朝着海浪击鼓

深色的水草乱摊在岸上
黑鹳逆风飞行，逗留
在浪涛上，突然插入
一个正在跃起的浪头里
大风使水现出水形；海涛
令风震耳欲聋，双双
带着霸气。击鼓人
双手向下落着，鼓声
使天空辽远，落日变红
大海在汹涌的白浪里
向后退，裸露的沙地
与皮鼓共同闪着金光
鼓声，使沙滩岑寂，深海起雾
大雾使风向骤转，海水
踯躅，更多的浪迎面而来

击鼓人，在风中击鼓
向着大海。夕阳向西
红霞和弄风的白鹳向南
翻滚的浪涛挟着夜气向东
客居人瞩望大水，向北

在 Manasota Key 面对大海

白沙滩，绿蒿草；那只
灰鹳，总是站在一幢
临水的木板翘起的屋顶上
七月和八月之间的暴雨
惹得大海动怒。深水的
心胸突然变得狭窄
把更多的水向外推
水在推搡中形成巨浪
比小心眼的人拧，一排
一排，吼叫着扑到岸上

岸上聚集着坏脾气的人群
黑色的鱼鹰混在白鹳之间
树的声音最低；然后
那些背部黑暗的蜥蜴
在无人的地方乱窜
使海边的房子更空寂
水在裂开时发出巨响
劲风扩大水的裂痕
伤着的是躲不开的岸
被人和楼群固定在这儿
带着垃圾；被自爱的大海
整日抱怨。聆听的人
终日听见四处的哀叹声

我们的声音，和海水
自然的声音混在一起
使大自然生病，到处

都被污染了。我们想法子
使那些根本不想的圣物
被玷污。大川成为小河
小河干涸。秃地使野兽绝迹
庄稼人向城里走，集体地
活在一起；活得疲惫
活得拥挤。当水往高处流
那是洪水；肉体就是船
干净的就是浮现在水面的

是看得见的。浪涛相互推着
太阳炫耀。风带水声
灰鹳站在临水的
不带人气的屋顶上
白鹳在灿烂的水面上飞
小得如水鸟；椰子
在涛声中掉落，白细的沙子
出声似银。观海人
听见巨浪无声；窥到
天道有其形

赵雪松

枯坐·6首

春　天

一棵杨树没有活过来
它在一大丛迎春
和杏树中间显得特别刺眼
想拔掉它，但徒手难以办到
于是围着它用铁锨挖坑
坡地上，鸟在欢叫
花儿一朵接一朵地追着开
我们弯腰的动作此起彼伏
看看坡地上也到处是此起彼伏的身影
春天里到处在挖坑
要么起坟，要么埋葬

残　雪

今天我看见的那一溜残雪
比昨天缩小许多
路旁的枯叶中
如细若游丝的呼吸

一定还有另一种呼吸
不吹拂在人的脸上
而在残雪一样的卷册中吹拂

一定还有高古之人
一直死到现在也没有放弃他白色的衣袍

秋　日

秋日呈现巨大安详
仿佛一个人忏悔过了

我慌慌张张走来
慌张就是罪
就是心还不够端正

中秋的月亮是教诲
父亲生死都在此刻
他刚出炉的骨灰月光般洁白、安详
再次止住我的悲哭

安详如此饱满
但无所期待
像秋日的时光本身
爱者比被爱者更安详

我们丧家后无所期待
《道德经》无所期待
佛的大欢喜无所期待

安详无所期待

枯　坐
——给伏生

我读一部书至黑夜
书上的字越来越看不清
我无心开灯
这部书在黑暗里我读得更透彻
什么也看不见
我读得更清晰
更能读懂它光明的含义
断流之河

更能读懂手牵手的水滴
叫魂的文字
叫不醒旷野、山川、草木的沉寂
我独自枯坐至深夜
坐姿干净、整洁
唯有枯坐
才匹配冬天的寒冷，应答无声
唯有枯坐
你才能穿过三千年幢幢黑夜而来
坐在我对面
三生之命得以相托
唯有枯坐
周遭的黑暗，就是火把
命运的繁星，依然无语
唯有枯坐，天心月圆
又飘然无迹

曲曲菜

荒疏、低矮的门楣
没有什么传下来
该砸的，该烧的
都已化为灰烬——只有
满嘴曲曲菜苦味的清香
无法被剥夺

清寒之家何以源远流长
白根、青绿，出自料峭春寒
这是最后的学习
曲曲菜蘸酱的口味——最后的传承

满含苦味的清香
我开口跟人说话
像母亲洗白的旧衣裳
父亲用严寒壮筋骨
谦卑，自重，魂儿都在

如房檐上的积雪
融化在家的心里

站在落日的河岸上
问一问：什么是家啊——
一座老房子，一个祖上的名字
还有未出生的
天南地北算不上分别
我们的身体里
苦味的清香没有了
这个家，也就真的散了

蔡伦井

我有面对一张白纸的羞愧

我胡乱写下的
都成为我的判词
我最初颤抖的笔画
都成为我的归宿

我修改的
我揉皱的
我撕毁的
如今，都在这口老井中
清澈见底

王敖

平行世界里逃亡的惠特曼·2首

大章鱼皇帝在探险队出发时的致辞

一

我是宇宙方格本里的皇帝
巡游到了必须发光的时刻

你们就是我的光，转向四面八方
我的辛巴达，我的加加林，我的玛雅王子

不要梦到地平线，不要有抵达的幻觉

二

偶尔回航的时候，秋月是焰火的邮局
装满写给你们的问候，溶洞的漫游者

红树林的漫游者，失眠联盟的漫游者
会写来情意绵绵，需要药水复原的信

我，替你收藏航线的帝王，巡游到了你的笔尖

三

我观测坐在某处休息的你，喜欢你虚构的
海怪跟我搏斗的故事，你们残喘的世界啊

多么需要我这种伪装在深海的大铁球

震响不朽的元音，世界像沉在我怀里的

易碎品，难道我的手腕不是分开大海的转轴吗

四

随我涌动的你，在人类史课堂里思考
忽必烈的帝国是否远未结束

麦田上加速跑的干部，是否会被铁鸟劫杀

但我是花粉编年史的顾问，我的烟雾
也会有精灵，还会拒绝回应你的许愿

五

白沙的王座，是章鱼壶里的万古之桶
你们的博物志，自然起源于怪力乱神

当我一转身，浮槎带回了好战的古熊猫
蚩尤的朋友，漫步在周穆王苍黄的原野

离我远远的你们，听到了不同的回响

六

所以你早晨照镜子，我听到了祷告
所以你造船造火箭，我听到了召唤

我的地质时针与你的生理秒表重合的几率

就是你的命运，集体命运的幻灯片转动起来
颇为沙哑，去吧，微小的光点

平行世界里逃亡的惠特曼

一

歌唱一昼夜璀璨反世界里
惠特曼之歌的我和我自己

是一首关闭了百万宇宙的反绝句
生命中每一次醒来，都封存在我眼睛里

现在重放，惠特曼未来的玩偶
就是我，他被漫长旅行磨损到

游丝般的身躯倒栽向我，然后
他喷气式的庞大胡须，迷乱了我的视线

二

乘回风载云旗的惠特曼
从漫长的旅行里跑出来

跑进没有测量过的时空，他的原型
是谁，是古埃及乌云漫天的乌尼斯

跨越了火焰岛来的王与神
品尝众神瑰丽心肝的乌尼斯

而我们的历史是吃人的历史
这个不需要起源，只需要树人给作证

三

我也是旅行者，我的诗人先祖
沿着一个个驿站，从国家心脏

骑马向林邑瘴海进发，有时候就像我
停车在新罕布什尔的林间，在路旁

我们每逢小神皆拜，无论是能量耗尽
熄火之前的惠特曼，还是午夜怒飞的

泽西怪物，我们都耐心给予尊重
是出于神话的协作，也出于现实的需要

四

那么，小神惠特曼
如今是一尾，刚捞上来的深海游鱼

捧在手里膨胀成球，爆碎之前
拥有了星辰，愉悦

和一眼望尽的知识，我用来测量
反物质与归墟，一棵树与一个反革命教堂

什么树什么宗教，并非无关
但早已遗忘，但我歌唱千思，他歌唱万绪

五

小神惠特曼，你悬崖下
小船残骸般打转的微笑

是蒸发在野藤中的明珠
是自相矛盾的，非玫瑰与玫瑰的秋千

是你在催促我，跨越人塔与人链
去空袭的现场，去人潮暴动的波浪里

化身我和我的精灵，你和你的惊颤
歌唱把我们的菖蒲和豺食花，磨成细沙的履带

李建春

我带给这片土地的节奏·7首

菜　地

妈妈种的菜地，在细雨中等着我们。
肥大如牡丹的大白菜，包不紧的
羞答答的包菜，都是一菜一整块地。
香芹用破布松松地盖着。
白萝卜地已起出几个坑，一只萝卜
切开一大盘。大蒜的根扎得深，
直接抽会拉断，母亲右手拿锈芨镰尖
刺入根部松土，左手轻轻拔出。
用这些菜抵御一段时间，是否足够？

死亡如此盛大

今夜，狂风大作。我屋前屋后的
高大的樟树，在原地疯了。
荒芜的乡村，旷野，发出长啸。
左侧的黑竹林，怒批的竹叶，
在无数内空、多节的茎管之上，
对着天空泼墨，却严守界限——
无论如何，如黑火焰，只是舔着天空。
一小时前的朗月、白云，
忽然不见了，若有若无的光底，
映出十一点后的
子夜。寒凉中已有确切的春气。
风，并不割手。它只是弄出响声，
老式木门窗砰地关上，避难的我

反而感到安稳。心中无所求，
只与这风合一。我要快速穿过，
在新换的，遍照白墙的28瓦节能灯中
快速穿过——死亡如此盛大，
什么印象也没有。

我带给这片土地的节奏

这屋檐，历经调整而不能触及荒莽。
死亡与自然
变换着面具来到农家小院。
只是一张条凳。
当身边的客人起身时礼貌地提醒你
坐中间：嗯哪坐稳哪。

顺着芭茅倒伏的方向找到远山，
此刻它被一束烟雾纠缠。
近处的堆阜，快长成次生林了。
废矿坑活成一个湖。爸爸那一代人
还在透绿的水下拉板车。

爆破的时候，他大声喊，拽住你跑：
快跑！快跑！躲到岩石喷射的死角。

我在死角观看。转过高速的匝道，
远离服务区，收费站的红白
障碍杆扬起的一刻，就决定了
我带给这片土地的节奏。
暴力在空气中。生灭之地透明，沉静。

光的界面

晨光斜斜地照在地上，霜的锐角
越来越迟钝。一种隐匿，加速。
我看见地面截然分成两个世界：

受光面上的结晶，豁然消失，
枯叶轻盈，受命。
但在阴影的部分，死亡的沉重的白发
鼻涕一样，粘在一起。包菜坨的青白心
和萎黄的外叶难以分离。
界面从电杆、支架、楼房的侧角切过来，
从树的侧脸……屋脊，瓦霜在北坡
依然晶莹。我感到恐惧：一种记忆
正消失；死亡，或许并不存在？
然而夜的钻石历历在目，即使它软化、
气化，连泪水的阶段也没有。

薄伽丘《十日谈》中描写了一群青年
在疫城的郊区围坐一堆篝火，
轮流讲黄色、放肆的故事，
我五十岁时，也收到这份礼物：
在规矩生活的中年的末期，渴望纵欲。

山里山外

我的写作受到一片山水的影响，
一个秘密的天地之心。欲雨的清晨，
两只鹡鸰无畏地站在檐前的电线上，
专注于自己的诉说。
我不知道它们经历了什么，
它们的经历一定与我不同。昨夜，
以如来卧、心如冷灰地睡着后，无梦。
而幕阜山呈现几层深浅不一的淡蓝，
这是所有经历思考，被日光、月光
正反两面洗涤过的事物在清晨的显像。

我的政治观点
一部分建立在倾圮的老屋里面，
一部分踩着我从未认可的职业生涯，
我走过的路，已荒草丛生，无人再走，
我的学生不愿意，即使我的儿子

也不愿意。我想高士也不过如此。
假如他们在我的情景中，
所作、所思一定与我无异。
我像他们一样，渴望信任、友谊，
以忠贞面对幻灭，但靴中溅进一粒土。
我回到故乡避难，聆听早已怪异的
伯、叔、婶、嫂们亲切的声音，接受
小名的回问，看一眼就走，在确切、
渐老的形体和梦幻、极端的现实之间。
这里是清空我的，把我印上风景名片的，
我的确书写过它们，山里和山外。

登山的决心

在中国乡村的一栋老房里，
无须标明时间方位。
冬后山林落木满地，
无前无后迷宫蔓延。
杉树枞树杂树连天，
枞毛被褥金针折断。
隔着橡胶鞋底，听
断枝枯骨火焰未燃。
腐殖了年轮的山，年华错过
水塔基底，
刺蓬牵扯新绿尚微，
在登山的决心中让路。

我欲无言与吾侣对晴空，
看山下人家，
枯水堤岸茅草上的兽迹
通向坡底菜园。
两重风景的扇骨
在山脊上合拢。
荒水稻茬竟无主，当地农民
收入从何处盖红瓦白墙。
野榛横出暗叶坚枝

宛如信息通道，
族谱蒙尘五斗柜的旧衣
对付没准备的腊月初春。
我绕开坟茔去年的纸花，
披荆斩棘接通
山侧的公路方才心安。

星空闪耀

紫叶李寂寞地掉落，腐烂，
果核满地，杂在砂土中间，远离——
需要我看恒星的眼睛，测量它们黯淡的光年。
有些树，在这六月，做出萎落的姿态，
让新鲜的部分显得更精神。
芦苇的普遍的枯叶有一个青茎，
我也不相信它们——也许是萌得太早，
也许是敏感于盛夏中的死。

山雀机警。我注意到它们从不飞离灌木丛
或低矮的树枝，像那些跳广场舞的人。
在树杪惊叫的是体大而珍贵的品种，
红尾伯劳、花喜鹊……我注目，
星空闪耀。
草叶葳蕤，八点多了，还含着昨夜的雨滴，
在一个显而易见的晴日，冒充露珠——
这是不可能的。水涨到淹没石块路又退出，
我掂量，凌波飞渡，看见园丁拿着剪刀，
看见白蜡树又恢复“迎客松”
或“白云出岫”的姿态，这一年一度的
美的残酷。

张永伟

橘子酒·7首

雅凤桥

他们扛着星星与画册来了，
蜘蛛在门口吐着银丝。
几乎所有的歌，都停了一会，
几乎所有的石头都支起了耳朵。

穿黄裙子的女孩，走过桥去，
还有跟随的三只白鹅。
他们都忘记了，
他们都忘记了，来自哪里。

还有雅凤桥。还有
那做梦的跛脚少年：
“这个世界是一捆干草，
人类是驴子，拖着它走”①

重新响起的歌与乌鸦一起，
重新响起的歌与驴子一起。
她用白纸叠着星星，
叠着，雅凤桥。

没有那些早已消失的房屋，
没有那些贫穷的孩子。
没有美酒与烟草，那喧闹的小鸟与树林。

没有善良的女老板娘。
没有。没有过去和未来。

石头和石头，蓝和蓝。
纸叠的星星，雅风桥。

①引自拜伦诗句。

吹风机与宋画

吹风机吹着
淡绿的草芽。
那是北宋，说真话的苏轼
尚未诞生。

旧时代的民警，
还懂得筷子落地的声音。
以及头顶的神灵。

不管是黄色变蓝，
还是蓝色碎裂——
我们常会想起白居易。
那火，不管是在桐柏，
还是鲁山。

我们饮月对望——
柞树生长，山石生长：
吹风机吹着
蛛丝上的中国。

橘子酒

这个世界，需要名词。
小鸟和树叶。

没有人会那么重要。

在苹果落下的一刻，

你已出生了许多年。

一个不饮酒的人，
比饮者醉得更深。

橘子闪光，隐于叶间：
没有人看出，风就是群星卸下的斗篷。

想马河畔

——给臧北

绿苔开门时，核桃树
还在沉思。初秋的风，
闪耀在她的睫毛上。灯管的细雨
缓缓洒落。石头在此刻起身。

那些生与死的绿魂，在树叶上摇曳——
等待着带葡萄的神仙，等待着
一个走失的人。而他早已穿过
树身，走进了另一处黑暗。

在星辰滚动的峡谷，你忽然想起
王蔷，那美若胡杨的故事：一只仙鹤，
一头蓝色的海豚。一切都冻结在
回头的那个瞬间。

在绿色的核桃枝上，你听到了
叮当的门神，作为尘世的旁观者，
他依然独立。他早已把手中的刀剑
换成了酒壶，一卷记载石头的旧书。

弹琴的育邦

从古琴上看见的，
不一定是埋没古人的青草。

也不一定是月亮。

一株花树，一个书生。
或许就是我反复弹过的梦境：
石头与江水。

其实，我常常不在这里，
在普鲁斯特，或乔伊斯的酒柜旁——
我悠闲地坐着，像隐秘的声音。

从百年孤独，到浮士德，
我已穿越无数的山岭与丛林。
有时候，几乎是一只狐狸引领着我。

为此，我要畅弹一曲：
仿佛我不是肖邦，而是另外一个人。
你称我为莫扎特或俞伯牙，也无所谓。

初　春

当我倦于赞颂晨曦和日落，
请不要把我列入不朽者的行列。
——庞德《希腊隽语》

春天了，麦苗和石头
都在赶路。
枝条饱满的白杨，
也在畅饮天空。
孩子们的心，一只只麻雀，在树枝上蹦跳。

你的心，也随着
晨光发亮。尽管久病的
父亲还昏睡在床上。
尽管雾霾，像刚刚沏好的浓茶。

也许他正在梦中，

跟随上帝的指引——
在迷雾的一生中，认真地巡看：
短暂开花的童年，树枝间的小鸟，和他
越来越小的麦田。

我和松山

那时候，雪还没下——
我和松山已变成了乌龟。
两颗多苔的卵石，
惊讶地呆在河边。

新世界的阴影和去年一样，
光明也不见减少。
只不过，穿上乌龟的甲壳，
我们像树枝那么快乐。

我们把喜欢的酒，留给了人类，
还有那些虚荣又美丽的女人。
一片摇晃的新叶，一声鸟鸣，
就足以让我们沉醉。

哦，地球白得像真的地球——
时间走得比岩石还慢。
生死就像蝴蝶那样，在花丛里跳舞，
没有一棵小草在月光下忧伤。

我和松山肩并着肩，
像是真的乌龟。
尽管我们彼此并不相识，
但一致对沙河的歌吟表示敬畏。

野苏子

向自己低语·10首

妻　子

我想成为一个诗人，
而不是某个诗人的妻子。
我想成为“就是那个人”[①]，
而不是那个人的妻子。
我想成为一个巨大篝火，
而不是“一个巨大篝火的残余，一小撮灰烬”。[②]
而我，要有燃不尽的火焰。

①引自《卡瓦菲斯诗集》之《就是那个人》。

②引自布罗茨基散文《娜杰日达·曼德尔施塔姆（1899—1980）：讣文》最后一页。

无　题

从不赞美。也不祈祷。

她写诗，只是一个妻子、母亲和女儿，
在一天的某个时刻，
不得不，
单独地，向自己低语。

像一个盲人，又像个聋子那样。

夏　夜

入夜。

我祈求，美丽的修普诺斯[①]，
您怎样让古老的克罗马农人[②]安睡，
就用同样的方法也让我安睡。
您让他们睡在草窠之中、土砾之上。
我也当睡在草窠之中、土砾之上。

直到，翌日，
太阳从东山升起，早早的，又被我看见。

①古希腊神话掌管睡眠的神，亦称“睡神”。

②距今3万年前，欧洲大陆上就出现了一种寿命不长（平均寿命不超过40岁），智慧较高的早期人类，叫作克罗马农人，属于晚期智人。

不　再

进入四月，三月不再……
进入第96页，李亚特[①]不再……
李亚特死了。游泳时，他溺毙在一条小得可笑的河里。

①李亚特是赫尔曼·黑塞小说《彼得·卡门青》里的人物，卡门青大学时最好的朋友。

清晨，当你站在樱花树下

清晨，当你站在樱花树下，
用一种可信经验说出它的品类，
或用手机App功能（“形色”）通过拍摄标的图片获取春意盎然的知识，
紫叶李花，
垂丝海棠，
日本晚樱（在飞檐附近恣意绽放），
带来迭进愉悦。

用以抵消一部分——发生在你身上的事故：
当你“无法被该设备识别”。

区　别

像去年一样，
她坐在沙发上，晒太阳，
吹三月的风，等待四月。
尽管搞砸了太多事，
她还享有这些。
就像影片中熙攘邋遢的非洲农贸集市，
橙色的人群，
他们活得很艰难。
但也活得很容易。
两者事实上没任何区别。

一种想法

是读《卡拉马佐夫兄弟》想到的：
上帝从不露面，
也不让人类的巴别塔（通天塔）建起来，
是因为祂明白——
要得到（人们）永远的爱，就得要（永远）躲起来。

酿　酒

既然“没有勇气过堕落的生活”①。
那么，请教我种田吧。
教我——
在野蛮蓝天下，
走回节气的田埂，
刈草，翻地，耕种，灌溉……
教我——
在奶色的雨中，

等待稻谷、小麦、玉米……成熟。
教我——
趁着冬日暮色，
搬动其中一些（粮食），
用其中一些酿酒，
用其中（酒）一些犒赏如我的路人。

①引自波伏娃名句：“我厌倦了贞洁又郁闷的日子，又没有勇气过堕落的生活。”

合约生效后

合约生效后，
持续了六年的战争，整个儿停下来。
他们从对方的领地撤回来，
像古老的斯巴达人，或高卢人。
借着夜色，
填埋最后一批死亡士兵的尸体。
听河水叮咚，温柔地喘息。

天空的篮筐

公园里，长椅的一头，一群孩子
吃掉了果泥和奶香榛仁，白球鞋上的小腿多么精壮！
已经不止一次，或即将再一次按捺不住
踢踏腾跃，直到身体的上切线碰触——
那株千年古樟，用繁茂枝叶独独支撑的穹顶
看，游移的云缱绻在不远处
托载一枚天空的篮筐，用度过一整个漫长夏季的耐心
等着看你，一次次腾跃时，都往天空投进了什么？

郑小琼
域外十四行之伊斯坦布尔（拜占庭）·1首

域外十四行之伊斯坦布尔（拜占庭）

题记：2012年，前往土耳其的伊斯坦布尔参加亚洲诗歌节，伊斯坦布尔的原名是拜占庭，它艺术的风格一直吸引我，索菲亚大教堂的装饰令人着迷。

一

从拜占庭驶向不安的年代，艺术因为
模仿而变得僵硬，消失在蔚蓝大海的
轻盈，镶嵌马赛克奢华与刻板的礼仪
信仰、艺术，因枯燥走向不朽的生命

亚细亚人的伤感，悲剧已被彩虹流放
生机勃勃的野兽与人类在石柱上闪耀
星座、罗牌，拜占庭古老神谕，玄鸟
在黑暗中渡过地中海，传说刻进石头

古老的帝国在废墟余烬，战争在延续
风与光的君王守古老城堡面具，人们
阔论艺术风格和帝国史，伟大的象征

集市穿过铜镜、雨水、橄榄油、香精
织毯教堂刺破博斯普鲁斯海峡的黄昏
帝国退化，拜占庭的艺术朝商业转身

二

月亮薄如土耳其银币，时间噬咬过的
缺口，罗马突厥希腊厮杀声遍布海峡
黑胆汁般的孤独，波斯商旅的精油与
丝帕，番红花的匈奴人骑着骆驼经过

我正穿越阿拉伯少女眼里迷人的大海
漂泊的吉卜赛人拥挤入集市的人群中
万物在枯败，它们为蔚蓝的波澜释怀
异国的商船在寂静而悲伤的夜空鸣笛

向着古老的文明致敬，深蓝的眼睛里
她们饱含着尘世的变迁，跟随消逝的
拜占庭的宫殿燃烧着帝国斜阳的忧伤

天空的太阳也会衰老，陈旧的街巷与
中世纪的废墟或者城墙，生与死共存
海豚为消逝的艺术增加紫蓝色的悲剧

三

古老的工艺和不朽的灵魂都必将轮回
它们像远古时代的奇迹，黄金的鸟在
树枝上歌唱，亡灵们还守在橄榄树旁
博斯普鲁斯海峡吹来阴影和古老意象

万物皆有生死，技艺因器具得以永恒
不死鸟衔皇后十三克重的灵魂，白昼
守候古老圣象，阳光浮满盛装少女的
面孔，中世纪的城墙与月光照亮弯穹

石头朝大海铺满台阶，星群撤离屋顶
在黑暗的深处，黄金鸟唱乌有的寂静
那美的本身，金枝黑亮的羽毛与眼睛

死亡正在还魂，它们拍打翅膀，飞影

被雕进了门槛与壁画，我目睹黑时间
燃烧的钢铁，教堂单调而庄肃的尊严

四

考古学的细枝末节，他们从遗迹挖掘
木门框与没落繁华，迷人的断瓦残垣
君主似炽热流星转瞬即逝，艺术长久
闪耀，人类忙于血与火的征服与杀戮

不朽的战功悬挂失落的文明，游牧者
野蛮暴力，战船与集市，金角湾彩虹
岛屿的忧伤，僧侣们的教堂，航海志
歌吟者用音乐颂唱神圣的礼仪与宗教

古老的律法穿越过地中海蔚蓝的波涛
东方的琥珀和串珠，征服者勃勃野心
镶在壁画的圣徒，繁复的马赛克闪光

文明与宗教融合，人类的理性在创造
美不会被时间伤害，隔着遥远的世纪
它向我传递那永不衰老的精神与技艺

五

他歌颂灵魂的欢乐却陷入信仰的战争
艺术的手砍下异教徒的头颅，因虔诚
丧失自我的音乐家投身于教堂的颂乐
我倾心外乡人对波斯姑娘的奇思异想

黑蝙蝠的哥特建筑，近乎阴郁地高耸
光与影燃烧七情六欲，跟随一只黑鸟
朝天国飞升，但愿她的来世化为金鸟
落在索菲亚教堂的枝条，色彩与波浪

美在这里升腾，逆水的鱼沿岩石飞翔
海鸥扇动海峡间蔚蓝，意大利在传递

拜占庭不可想象的伟业与信仰的战争

剩下教堂、清真寺，慵懒落寞的皇宫
当月光照耀索菲亚教堂的穹顶，混乱
弥漫血与火、鼠疫，陷落城堡与君王

六

人类沿着旋转楼梯上升，印度人寻找
前世的通天绳，东方人的白鹤或祥云
希腊在教堂避难或飞升，基督从火中
降临，想象的圣城，灵魂炼狱或乐园

火与土收藏污秽的躯体，鲤鱼、海豚
带着亡灵消逝于水中，生与死的轮回
蓝清真寺与宣礼塔，超脱肉体的自然
皇冠、美名、权杖不过是命运的戏弄

所有自然之物因为诞生而死亡，唯有
艺术留给人间的奇迹，超越生与死的
界线，被时间蹂躏的破旧宫殿、寺庙

美与时间平行站立，尘与土，星与月
昼与夜分割博斯普鲁斯海峡蓝色行星
面对人类衰老的疲惫，宣礼塔的诵经

七

远方的船只缓缓驶来，海鸥低空飞翔
宿命塔边的红茶，幻觉穿过旧城狭巷
废墟阴影、蛇的预言，浓雾弥漫岛屿
游轮向现实航行，历史留下归帆点点

波斯商人带来藏红花、铁具、元青花
倾心地中海蔚蓝的波涛、传说和船帆
它带我驶入古老的希腊，半神半人的
世纪，生与死永恒主题，镜里的重生

通往天堂的巨柱，灵魂进入拱形圆顶
那悲剧的信仰，波浪中的战船与商帆
时间在大理石海面静止，缓慢地燃烧

浪花拍打着物欲的堤岸，宗教的仁爱
在潜流中消亡，艺术与神话都在崩溃
复仇者的炸弹披上了信仰的花边刺绣

八

燕子在叫声里传颂奥斯曼帝国的荣光
万物沉浸在清真寺缓慢而稳定的黄昏
博斯普鲁斯海峡两岸中世纪模糊背影
火与血浇灌出橄榄树、彩玻璃的教堂

地中海的微波荡漾忧伤，世俗的繁荣
与古典的文化彼此相融，街头的小贩
用流行相机拍摄下茴香酒优美的造型
土耳其少女忧郁的眼神似暗绿的珐琅

集市的地毯和耶稣受难像，在这城市
古老陈旧的地图，我寻找大理石上的
暮色与蔚蓝文明，这眼泪之柱的徒劳

海鸥没有信仰的冲突与战争，不惧怕
异教徒和陌生人，它们从大海穿梭过
我的头顶，倾听那欢畅叫声中的安宁

阿斐

早起出行·11首

阳光之晨

人生虽然坎坷不平
只要遇到这样的艳阳天
况且还是酒后醒来的清晨
我就忍不住笑了
如墙上的绿藤和天上的云

夜　雨

我更喜欢听深夜的雨
像我更喜欢看你的脸

我相信众生平等
但只要你在
众生就不可能平等

蓝　鲸

看见一只蓝鲸在我眼前游过
一粒巨大的孤独划过我的时间

在海的人群里
站满了不知所往的我
这只由一群我编织而成的蓝鲸

如果我爱你
为什么我总会叹息又叹息
如果你爱我为什么如大浪起伏
我的太平洋，我的大西洋，我的地中海
游走万里只为读懂你，我的生活

望月即兴

在没有意义的世界创造意义
在缺少欢乐的人间寻找欢乐
像那些洞悉全部秘密的人一样
我在月下微笑着仰望天上月
意义自生，欢乐自现

深夜谈完工作后阳台听雨

职场就是我的田园
勤劳的同事们就是我的左邻右舍
车流阵阵如同鸡犬之声
与友人视频喝酒就是醉啸竹林
只要我愿意
身居何处都是南山隐居

何况在这样的雨夜
忙碌一整天的我
从项目和利润中直起腰
看正在做手术的世界
在雨水的洗礼中安静下来
我确信我的乡村我的山水不在别处
把手伸出窗外
雨点落在我的掌心
只要我愿意
再疲惫的人生也可以惬意如斯

听雨的季节

我应该
泡一杯绿茶
拿一本宋词选
盘腿坐在圆蒲团上
微闭着眼睛
嘴角上扬
听春天从雨声里
走进我的耳朵

然而
我没有泡茶
也没拿宋词选
站在窗前
眼睛看着外面
紧抿着嘴
听一声惊雷刺破春雨
在我的心里炸响

大雨倾盆

不该出现在春天的雨
出现在了春天
不该黑的白天
在狂风中变成了夜
放眼望
世界在风雨飘摇中

雨后出门
我以为必是落花遍地
一花未损的垂丝海棠让我吃惊
它们湿漉漉地挂在枝头
柔弱又倔强
像面临危机的人类

早起出行

一碗粥，两个煎鸡蛋
比我更早起的妻准备好了早餐
我在家里就是在盛世里
拥抱后出发，世界仍在暗夜中

从我身体里升起一个暖炉
伴我在冬日黎明前的寒意里远行
远方就在前方
我握着拳头，半眯着眼睛

赏桃花

一位老人正在晨练
一只狗对我摇着尾巴
一条河从左边流到右边
一群柳树在岸沿站着吐出嫩芽
我只对它们一眼带过
一心只想着看我的桃花
这一簇簇燃烧的火焰
像极了十八岁那年的我
和十八岁那年的她

葱油饼之晨

葱花落在面粉里
妻的身影落在我眼里

放一点音乐
乐音如葱花落在屋子里

香气落满院的清晨
我沿着阳光细腻的纹路
触摸那双看不见的手

神笑了笑
轻轻捏了捏我的脸
一群鸟鸣落在我的酒窝里

洽谈业务后春夜阳台上远望有感

在依附于庞然大物
和自食其力之间
我选择后者

在人间洪流
和象牙塔之间
我选择前者

在做一个人
和做一个诗人之间
我全部选择

我爱我的家我的家人
也爱我的理想我的远方
我爱万物美好如春
也爱世间浊酒一杯又一杯

推开窗，暗夜无光
夜行人穿梭于天地之间
我需要像他们一样
积蓄直面生与死的能量
也要像枝头的垂丝海棠们
成为无光暗夜里的一束光

袁永苹

五月的池塘·5首

偿　还

在花儿生的时刻，
哀悼它的死。
在平常的日子里，
想象着别离。
我们都没有准备好，
迎接：
无激情的手指、
生腻虫的月季花、
爱当中的不爱……
我们承受着挑逗，不是
来自他人，而是
来自我们自身。
肉体抽离，但随时
以它炫目的姿态回归。
我们的精神，合拢
又分开，
在肉体的钟摆里，
我们摆动，
如同我们静止。

刺　客

我整日燃烧的高热，让亲情无法进入
我敞开的缝隙闭合，女儿也无法召唤出我。
我将爆炸，体内集结着千军万马，

暗物质、核能、辐射物等待给人群灭顶之灾。
我关闭丈夫，冰冻父母，燃烧衣物，
午餐无论多么丰盛我也提不起兴致。
我要书写，我体内的狂躁一刻不停，
我在静止中奔腾，肉体几乎盛不下我。
我被一盘绝望的盘子盛满，
又有一个虚空的笼子豢养我的自尊，
我在内爆，我的原子球在裂变，
有人登月，我登月。
我偷偷潜入书店。在《自杀论》《达·芬奇传》《梵高手稿》《故事》《对白》《荷马史诗》《神曲》《草叶集》中像一个刺客，将我的诗集放入其中，
——放入历史，
等等，我们还来得及。

演员们

他们试图
在这个颓败的城市中
寻找出春天的迹象。
这对夫妇刚刚争吵，
想要杀死对方，仅仅是感觉。
心中的伤痕已经足够深，
然而一切继续深入。
譬如泥土中可怜的小草
正试图钻出地面，
它们渴望见到阳光，
不可预期的春天
还有之后的盛夏，
正伺机给它们一顿暴揍。
这些可怜的小家伙儿
并不是不知道，
但钻出地面是谁旨意？
他们此刻坐在一间
充满年轻人的咖啡馆，
写作，像是小伙伴儿，

然而另一个他们走进来，
牵着别人的手，嬉笑着，
陌生的男孩和女孩，
在彼此身上体验男人
和女人，性的亲密，
男朋友掺杂着父亲，
女朋友搅拌母亲，
男人和女人搅拌彼此。
现在她给四岁半的女儿
用果汁机打新鲜的果汁。
汁液流淌在一个分装杯里，
渣滓从另一个通道排出。
舞台中，他们演绎影视剧中的激情，
他们为自己的扮演落泪，
他们渴望体验激烈的爱恨。
哦，渴望的细胞，贪婪着——
愿他们能够享受一次好演出。

她

她在一个冬季
像投掷骰子一样
翻转命运，
将自己交托于空虚，
奔逃出三个月的家庭，
杀死一个可能。
不信上帝的人，
在出租车带给她
午夜的自由中，奔逃。
任凭大雨猛烈击打着
铁皮房盖，
这全部预示着她的命运。
她不可能臣服于此，
甘愿拥抱自我的幻觉，
构造一个伊甸园
把自己全然交托于随机的

运命，然后吸取
然后给予、挖掘、呻吟
整日整夜，给予、挖掘、呻吟
焊接黑夜与白天。
在其中她利用几年
偷偷建立起
自我的政权。
内心中的国
越来越大的疆域
卫兵铠甲万万千，
战士八百又八百，
战壕修到了异域的土地。
她不是一个好主妇
她是那个人，写
而充满危险。
他是那个他自己的
母亲、女儿、父亲
儿子，通奸的
盗火的，密谋的。
我就是那个人：
既无法跟从上帝
也无法全然置他
于不顾。

五月的池塘

五月来了，禁锢的身体时常张开一些缝隙。
而碧波的池塘里，新来的鱼涌动着，
难以适应冰凉的池水，它们翻着白肚皮仰泳，
分散着死在一起。我平衡住身体捞出
它们，那些去见上帝的鱼，躺在我手心里
假装期待它们突然动起来…… 我们将它们
埋在了从另一个地点运来的细沙中，
三天以后，当我们再一次用绿铲挖它们时，
泛着恶臭，但居然还没被分解，蚂蚁们
已经来了，钻进细沙，沙子发黑。

夏天来了，柳絮在这个季节结着金黄的耳坠，
我们摘了许多戴着，用富丽堂皇装点我们
轻薄的耳唇儿。讨论大自然的循环和
粪便的价值。我被写作的事儿折磨着，
我游荡在池塘边，如同一个丧尸，
吸着一个方块骨头企图让它给我一个新生命，
给我几口气，你尾随着我，我必须收敛起
我那些发光的骨头，它们总是在不经意
间就露馅儿。但你是完全的，不像我，
你尚且完全没有被那些追上，而我也
快跑，我能甩掉它们中的三分之二。
夏日的繁盛抚摸得我们周身发热，
在那些冰凉的细沙里，我和那些鱼
一同睡着——轻推沙粒。

楚子

空与短暂·11首

死去的

一连换了几个地方，你才肯坐下
是什么使你动荡不安？
湖水散发出有死鱼的咸腥气息
太多的人离我们而去
但在睁开眼看这一切时，天色还没有暗下来

母亲与孩子

重复的眼泪没有流出相同的酸楚。
福州街头，一名年轻女子和她的孩子，
大庭广众下赤身裸体，这该多么刺眼？！
她的脸应是绝望的，她的哭泣应是无声。
（他们是光鲜的肉体。）
在我生活的江南，时常会下起雨，
阴云密布时，万物的低垂是相同的。
这敬畏的声音，它激荡的雷声至今警醒我，
我是一个人。带着无眠的夜，观看生活的绞刑台。

三点四十

凌晨三点四十，我没有睡
蟋蟀叫着空草地，天边即将泛白。
如果说这是“黎明前的黑暗”
我将听到货车阵阵的轰鸣。

如果睡去，夜空中舞蹈
而不睡，《边城》的歌声飘远了
明月始获得它如晕的清辉……
但这不能成为你的理由，
那被搁置的命运？蟋蟀同样拥有无声
凌晨即将结束，人间得以显形
老母亲起夜时轻轻走过我房门
我因获得长久的宁静慢慢睡去
屋外，天空是曲折的分界线

空与短暂

时间点点流逝，在一种远古的呼唤里。
湖对岸是幼年渴望之地，现在，
它也老了。
浩渺的人世，一波又一波少年，
一片又一片嫩叶。
恒温的湖水，除非还有阳光，破水之鱼，
除非还有一个人，在凝望。
每当造访此地，身临其境，
雨水、落叶、冷色调和所有称之为时间的时间
一齐进入身体，记忆就是冬季的鸟鸣
再次响起时，身内的空与短暂。

确　认

坐在秋千上找一首诗，总也找不到
关于一首《回答》。
此时女儿如果跑过来，会问“爸爸，你在看什么”
而我这样回答，看山哩。
这一幕只在我的想象里，她们距我四十公里。
遥想一种距离（会有怎样的距离？）
今晚应该回家，以再次告别的方式。

我仍旧看山，无言自明，繁华人世的由来。

我也只能通过这样的方式确认
我仍是你的父亲。

答　卷

——给唐官琼

青山与河流的流放地，先人埋骨之所。
带着最初的缺憾，仍没有打开，石头的波纹。

生活，涟漪的中心。边缘，新的涟漪。
每天迎接同一抹日出日落，迎接天幕的窟窿。

鸟儿飞上枝头，坠落里飞走。
桃花盛开的季节，娇艳欲滴，象征一种燃烧。

终于发配自己到青山绿水的单纯中。
折断衣锦还乡，平淡的恩惠的日子。

坐在秋千上，晃了晃，把自己甩出去，
又被一股力量给拉了回来。

不嫁给诗人

重写一首诗，在流汗的间隙。
读一首诗[①]，有如冰凌划过潮湿的脸颊。
我可以这样写吗？如果写得出来。

这是春天，你仍在忍受……
鹧鸪？“咕咕”声传来，似在告诫我们不变的定律。
苍蝇推翻烟灰缸，液体流经床单。

这是群山的证言，有或没有，延伸每一个落日，
告别根部的叶子。
燕雀滑翔，有目力不及的轻盈。

而天黑后要不要回家？如果有家。

另一个身患绝症之人。我猜她先提出来的。
薄薄的纸，这就结束悲剧的重演。

终于回到家，孩子已睡在她怀里。
长睫毛盖在脸上，月光充足，神似你当时的窘境。

①为读王家新老师近作《夜行航班》。

礼　物

迟迟没有像样的词，说出你的形态。
在空中，你目睹、规训我，
这样的一种礼物。
初春的桃花开了，像孩子的笑容，灿烂。
如果我也足够灿烂，绽放的花朵，
一定不会选在霜降的冬天。
那种森严的词意。
骨干上的黑，树枝也有迂回的脉络，
猜猜看，哪一头的重量更轻？
迷人之春，世界的歌喉，若不在枝头颤抖，
也该在泥土里腐朽。
礼物的到来，弱化了外表，内心也就足够坚定了。

神　游

斑斓星空，产生秘密。
成长是字词，叙说一些人的故事。
许久未刷新，关系，你或我。
我们都是记忆的哑巴。
花草盛开，在骄阳下，几抹小小的黑、紫、蓝
溢出的阴影。
栽种一棵树，必先颠沛流离，
泥土挽救了树叶，根茎挽救大地，成为道。
碎渣终于掉下，拂去，记忆是参天大树，土壤里保存。
从前，看不到过程，现在，也没有了结果。

星空诉说我们的妖艳，在荒漠里
痛醒。

倒　下

湖边无风，也无需等待什么。
对于独自的前往，这一刻是圆满的。
从多年前，或一瞬间，你已在这里了。
无论身在何方，丈量身体的地形。
湖风退去，湖水无波澜，在任何时候
你都无所顾忌。但真是这样吗?
一片倒影在水中的不完整，随时都会散去。
一个人在人间的走动，也会突然倒下。

桃

落日即将圆满，见证人世渺小的一天后。
鸟鸣从不延迟，即使已经够了。
作为一阵风，需要说出群山的边际，如果有。
在任何时候，你都应从山脚往上看，
以此修正一株草、一棵树或人类的盲从。
桃花亭始终古朴，命运胜过朝闻夕死的光照。

昨日磁湖边，人群背影，一瞬间饕餮的涛声，
你记住了每一个静极而隽永的时刻，
千年的更改。
像奶头一样的桃，挂在枝干上，回来的路上
我见过。

九月
回声·8首

落　叶

不得不说说第二生命，而不是战争。
我在清晨归家的小径遇见她们
便想起卡尔维诺，和他的月亮。
这些跌落的金子，多么安静
我想进入她们，再次体会被母亲诞下时的惊慌。

我的母亲，名字叫小雪。
在另一种关系里，我让自己成为姐姐。

回　信

——给牧羊人

阳光正收缴昨日之我，连同
不值一提的腐败文字。
没有草帽，我只有精致、虚伪
黑白波点彼此跳跃的遮阳伞
但足够容纳你的七只波尔羊，和
你朴素的十四行。

更多时候，我看着它们放牧在高高的理想之丘上
我倍感羞愧。
无法摆脱物质和名誉的束缚
我总是拿佩索阿的多重身份，缓释另一种焦虑
从赤红到浅蓝，没有什么
是不可饶恕的。

把你的羊群借给牧场
把我的自由，还给死亡……

回　声

——给敏

桌上的坚果，一直在倾听
我们敞着房门谈生活，类似畅饮。
谈及疼痛，我藏起手中牵着云朵的长线
怕扯到你的伤口
它距离星星太近，距我，太远。

白色让人回到最初，姐姐
你发根盛开的玉兰，一定很美。
你的坚韧，让我无地自容。
连窗户也打开吧，风从我们身上取走什么
镜中，就燃烧什么。

无用之诗

没有比患病更直接的方式了。
诗人何等无用，如我
拖着一具病体、一腔旧调
依赖某种同悲之心，借由患病
在自我怀疑中，抵消掉红玫瑰般的羞愧感
和被一场无形的雪，推倒的懦弱。

近日，读米沃什，读赫贝特，
读疫情数据，读李洱，读雪莉·邓恩。
读完木心，我难过得想哭。
情绪失控带动汗腺的运动，以及
体表温度和贪欲的下降，有治疗感。
大汗淋漓之后，我又想起芥川的那句
“人生有时，真的不如一行波德莱尔。”

信

在这样的日子里，你什么都没说。
只是，我一想起远隔千里
心中的丘壑就荒芜了。

我想念你曾搬运一整车一整车玫瑰的手指。
我37度的身体，急需一场大雪。

小　筑

怀想起那个，从鸟鸣的缝隙里透出微光的晌午
梅花开满昨日之雪。

溪水停留在还未走远，山坡的轻喟处。
人影，得以清晰起来。

我在此处，浣洗自己愈发沉重的俗念。
铺排开大片大片的云朵。

饱蘸黛色，让“小筑”这一方悠然闲章
拓印在出走与归来的辩论之辞旁。

布洛芬

安吉利科，在湿壁上虔诚地涂抹。
白云极速下坠，让人来不及思考。
我很好。我应该毫无血色
像被白色熟石灰反复粉刷。
我拿起杯子，吞下几粒布洛芬。

如此安静，我小小的白色理想国。
将自己放飞出去，就连梦，也不用做了。
那些在疼痛里诞生的赤红、灰绿
（或许还有一些天空蓝）

散发出矿石沉默的光泽。

有一丝苦涩觉醒的味道。
代替楼下花墙旁的园丁
它们一整晚，都在修剪我。
感谢这样的恩赐
当晨光，照进来的时候。

冬日傍晚

我已放弃对日落的追赶
放弃阻止幻想下坠而涂抹的湖蓝。

放弃一枚辞藻，同时将那些低矮的雄辩拾起
还有她们大提琴似的回音。

江离

年幼的造物者·8首

年幼的造物者

——给知非

草坪的阴影上
孩子奔跑着
自由得宛如豌豆荚耳旁的风
他搬来小石头、砖块
一个年幼的造物者
再加上枯枝、草茎和沙
一座圆形的围墙
然后，里面，一个小房子
他完成了

在未来，也许他能建造
夏日蝉鸣中的寂静
流逝的天光。失败、重整
龙象的遗迹，抓住它们
忘记它们。这样
你的呢喃是一种抚慰
你的注视使浑浊的池塘
变得清澈，你的耳朵可以倾听
一个完美的深渊

在你身边，永远有一座
空空的谷仓
而你是遗忘清单上的采集者
你是还没有生成的语言的看护人
你的磨盘日日夜夜永不停息

你将给这些废弃的枯枝、蝉鸣、悲痛
一种新的秩序
让它们转动，直到它们如星辰般
成为统一体，一个新的星系

天真的经验

那个孩子，沮丧于没能捉到蜜蜂，
他的玻璃瓶仍是空的，
因此，晚上他的梦中盘旋着蜂群的嗡嗡声。

也许在未来他会有一片油菜花地，
甚至，成为一个养蜂人，
指挥着成群的蜜蜂进入不同的蜂箱。

谁能知道这些呢？
在数列般漫长的生活中，
究竟是有趣，还是失望多些。

但现在，一切似乎都是新鲜的，
他对世界的认识，
来自对小镇的车站外的想象。

他还没有成为自己的骑手，
还没能控制雨水的缰绳，
而他将在错误之中捕获经验，那有限的一跃。

蟋蟀在歌唱

当最后几片薄暮褪尽
蟋蟀开始了歌唱
先是在我童年的瓦片下，带着
早晨恒久清亮的音色
然后，是在废弃的冷轧钢厂歌唱
蛛网将它的声音

凝结在历史亦真亦幻的露珠中
它在高架下歌唱，上面
厌倦了应酬而急着回家的尾灯
画出了红色的弧线
它在我们时代致良知的困扰中歌唱
也在没有任何保险的穷人屋檐下歌唱
安抚着夜半婴儿求奶的哭声
它唱着，在墓地
在来不及清扫的战场上
那里，相互搏命的敌人拥抱着倒在一起
城镇的灯火，像悬浮的岛屿
远处，风中浮动的蛙鸣和秋虫声
交织起另一片灯火，托管了听觉的迷宫
在夜的穹顶下，它们唱着
一棵棵树像一丛塔林
庄严、肃穆，静立于交错相生的梵音中

雾中谒鹿门书院

一条碎石路铺向书院
石砌的台基，四合的院子仍有抱朴之心
庭院的屋脊上，几丛修竹拢翠
几处寂静舒卷着清流

院外，仿佛能听到呦呦的鹿鸣声
那曾是吕规叔和朱熹
是历朝的学子
为扶正时代的灯火，校注着真知上的迷雾

上天竺候友人未至游法喜讲寺后记

曾让人屏息的庄重
已淹没在我们时代的众声喧哗中

言语稀释了语言，因讲得太多

而变得空洞，归于消散的烟尘

大风即起，摇落了众生窃窃私语的耳朵
啄食的燕雀也将四散

伟大仍没有成为常识，佛从瞌睡中醒来
步出大殿，厕身于草木间的夜露上

星　图

外祖母告诉我，天上的每颗星
都对应着一个人
每当有人死去，属于他的星就会陨落
那是暑期，七星的斗柄正指向南方
星星布满了天穹
我靠在她的膝上，看着星辉组成的
银色光带横亘天际，听她讲
鬼神的秘闻，仿佛草木之间到处都有神灵
这是何其宽广的世界
它们永久地铭刻在一个孩童的心中
当她的那颗星带着光焰消逝在夜色中
我就再也没有见到过那璀璨的银河
这就是为什么，我还是少年时
从图书馆里疯狂地寻找它们：
北斗星所在的大熊座
参宿四和参宿七构成的猎户座
我想象着，外祖母的星应该是在仙后座
想象着当它消隐之后，只不过是
参与到更深邃的暗蓝色的夜空里
我抵抗着，将星星描述为客体的冰冷知识
带着那张璀璨的星图
为将我们的残缺描绘得更加完美
那些炊烟、伫立在浅紫色晚霞中的村子
那些已经拆除了的黎明时的街道
你的渴望，你的看上去有些笨拙的坚持
那么久远之后，依然在向我展现

那种隐秘的意义
我的意思是，每个人都带着自己的星图
——我们主动塑造着的自我
一种生活的风格，灵魂的强度
今夜，没有星光，母亲、妻子和孩子们
都已睡去，我想起你，外婆
当你指着树枝上浩大的圆月
而你是一阵风，托举着飘散的蒲公英

对毕达哥拉斯的献辞

因为无限的少数人都曾追随，
晦明不定的星空的指引，
如同毕达哥拉斯，在他的窗口仰望。
一个无边黑暗中的孤寂旅人，这以后
所有世界的阅读者、巫师、智者、炼金术士，
各自穿过了丛林、黄昏的金色海岸，
历经地狱之苦——
不是为了在一头饥饿的狮子身上
复苏它统治土地的雄心，不是在沙漠之上
建立黄金的国度，
只为在星辰的沙盘上推演，
（在理智认知和未知神明的庇佑下）
我们自身和世界之中，那不可见的统一性。

观赵孟頫《鹊华秋色图》

一

青色的鹊山敦厚，如象背缓行在东林
华山笔尖一样兀立，似是问难于西天
四野水泽流动，平远以至苍茫
沙洲曲折无尽，点缀着荣枯的万木

二

南宋亡后第十九年，赵孟頫画下这幅
《鹊华秋色图》，那时他从元朝辞官归隐
世道有如华山的险峻
而他在笔墨中安抚着沉郁的风雷

三

几间茅舍散落，隐现于高杨树间
坡上，五只山羊正在闲散中吃草
不远处，一人拄杖而行，浑然不觉
赭黄的屋宇和红绿相间的树叶中降落的秋声

四

他深知，事敌的非议不会绝于坊间
他曾长久品味进退的艰难
当他用丹青把济南的风光描绘给
思乡的友人，也许是在告慰难以辩解的自身

五

看吧，丛生的芦荻已被风压弯
劲松仍然挺拔，一切都承着自然
近处，三只小舟停立，渔大正在起网
秋水明净，而乡野淡雅，正可以托付一生的远愁[①]

①“不假丹青笔，何以写远愁”是赵孟頫对从他这里正式开启的文人画的精神寄思。

李青作品 《幕后之声：王侯将相宁有种乎》 200cm×80cm×2 布面油画 2008

诗建设

发现

Discovery

陈翔

陈翔，1994年生，江西南城人，毕业于武汉大学新闻系，现居北京。曾获草堂年度青年诗人奖（2019）、光华诗歌奖（2016）、樱花诗赛奖（2015）。

在海河边

——给仁浩

春天很慢；顺着喑哑的河道拐弯
水，凝结成死亡的X光片，
拷贝着影像。一些紫色圆点
滑向我们，它们有辽阔的双翼，
有红色的坚硬的嘴，轻快地来去，
像一小群喷气式飞机（冒着冷烟）。

水面：一幅冰封的世界地图。
地壳在运动，伶仃的大陆
在漂流；这水中的柏林墙，一道道
拆散又重建。墙在风中变幻，
碎的钻石，坠落的星辰，
被歇脚的水鸟当早餐。

我们说，比鸟更自由——
它们是飞兽而人类是上帝。
但鸟轻轻跃起，就越过了我们
和文明，越过了这地表的一切。
桥，一只更巨大、哀伤的铁鸟，
像卡夫卡的眼睛，将我们凝视。

倒影把建筑物囚在水中，那是
另一重世界：永远无法进入。
若我们是大卫·霍克尼，可以用画笔
完整地打捞水下的印象；
若我们是奥尔弗斯，可以凭歌声
从地狱中去而复返……

然而，我们什么也不是。
我们只是这冬日里，两个旅人；
背着手，望着远处的孩子

迅疾地将球抛掷天空，在降落以前
跑到河边，变成两个正在打鱼的
青年男子，而后是中年，爬上了岸。

在河流的不同阶段，
我们瞥见了不同形象的自己。
但在静水深处，一个未曾注视到的
地方，事物的本质已悄然变化。
我们攥紧冰块，像攥紧冬天的一角：
这枚剔透的心，容纳了整座海河。

墙上的窗

推开窗，我得以领受：
　　　　这一天中最好的阳光。
天空并不吝啬与我分享
　　　　它的蓝；乍起的风
吹动帘幕上开放的花朵。

外面多彩的漩涡，经由
　　　　这道画出来的轮廓，一一呈现。
我走近它，触摸它奇迹的
　　　　颜色，如盲人在摸象中恢复视力，
如火光在深夜的深山中点燃。

我把窗推向想象力的更深处，
　　　　墙面的豁口，于是开得更大：
更多的光线、风和形状
　　　　涌入，闪烁在空无的房间里
像一片波光粼粼的湖——

我置身其中又不在其中；
　　　　我被淹没，同时被拯救。

阳光下，万物的身体盒子般
　　　　打开，容纳芳香、音乐和色彩；
我是一个词，和其他所有词并置。

多边形的窗：一张虚构之网；
　　　　流动的曲线，支撑它不破裂。
世界：空气、建筑和光，都被网住了；
　　　　我在网的另一面，看这幅凝固的画。
（我何尝不是一条网中之鱼呢？）

这是白昼专为我编织的图景：
　　　　光和寂静的迷宫，多么迷人！
它曾令我在幽暗的夜晚歌唱，
　　　　教我以为心和心之间没有墙；
但这一切，不过是痴人的想象。

一切，在事实上尚未发生。正如
　　　　那道裂痕（光照进来的地方）
并不存在；没有窗，我独自承受
　　　　四壁的重量和内向的挤压——
四面黑暗的闸门，铡刀般落下：

黑将从石头中榨出鲜血，
　　　　黑将从脑袋中取走自由。
外部的黑暗和自身的黑暗相融，
　　　　压缩成
四方画布上紧闭的油彩。

在绿色阴影下

绿叶环绕成屏风，将时空
分隔。像小说中的角色，
他和她坐在小区公园里。暗夜，

无人：对面楼房亮起窥视的灯。

他细数这些眼睛，这些黄的、白的
侦探，一二三四……像细数杏仁，
把自己也数进去，而另一个自己
正在看他，他不敢掉转头去验证。

“绿啊，我多么爱你这绿色。”此句
恰好用来形容此情此景。他抬眼
望见上空，枝叶横、斜，从空气的
花瓶中溢出：重重叠叠的幽灵……

而她承受风——穿过水做的肉体。
承受丰盈，和丰盈之苦。对逸乐的
欲望已被消磨，如那枚戒指的空；
她是一个弱女子，祈祷一份新生活。

但怀疑幸福的不可能，和不被允许
准确地表达。5/5的她属于真，
直到这一时刻，被按下了暂停键，
不得动弹，仿佛蜜被粘在蜘蛛网上。

马路口的世界是另一重剧情：光
代替他们，走向上升的现实。那里，
他有一份工作，她有丈夫和孩子；
穹顶的绿色，许诺将庇护他们到永久。

左 右

那个喝醉了酒的人，是我：
我的右边，今夜比左边轻一克。
走在昔日的路途上，我倾斜地
迈开步伐，像九月秋风中的孕妇——

都怪我，多喝了那一杯酒——

星空在我面前变了样，整个儿地摇晃。
我的双脚稳稳踩住：生活的高空钢索。
它的腰肢过于纤细，一次只能承受
一半重量；有时是“左”，有时是“右”。
我不得不完全抬起一侧，

并忽略另一侧的存在。虚幻的
观众为我的腾空喝彩；然而我知道
那不是真的。那不是
真的生活。在真实的部分中，
人们只是坠落，坠落……

散步的云

我想记住这些云。记住
这些美的名字，记住这些
屋顶上终年不化的积雪，
这些住进蓝色躯体里的心；记住
风：肋骨间突然的心跳加速。

有楼名为春天，云在春天的楼梯上
诞生；在梯子的顶端，我们
看得见、摸不着的深处。
蓝到了极限，就爆裂，就有了云
徘徊……在通往天空的路。

云和阴影并生，像双重编织的
花环：植物和它的姿态；
像旗帜和风，杯子和水，
坚硬的和柔软的，共处一室：
一对孪生的姐妹。

云天静止；半轮月亮似有还无。
一只喜鹊，穿过我喜悦的眼。更远处，
一个云点划出一道笔直而细的线。
云散步，我也散步；云携我
（我写云），在白茫茫的宇宙中漫游。

我要记住这些云。记住
这些美的名字，记住这些
屋顶上终年不化的积雪，
这些住进蓝色躯体里的心；记住
风：肋骨间突然的心跳加速。

在颐和园

向后退，朱红宫殿和青青垂柳向后退。
四面水波朝我们涌来，形如一场埋伏。
我们划过十七孔桥，划入古典的湖心，
像皇帝和他的水工，将这昆明湖游赏。

浑然在眼前，南湖岛似一块水制的玉：
几乎真实，几乎碧绿，几乎触手可及。
小船趁东风，两双脚踝努动湖的踏板，
你我绕岛屿打转，陷入历史的怪循环。

远在天边的远：云速如箭，山影清浅；
风物变幻着眺望，与岸上的人群隔绝。
试看蝴蝶掀起风浪，风浪又卷动波澜，

河流返还给人类的，终究是人类自身。
我们置身于蔚蓝的中心，领受着苍翠
的抒情；四壁满是风，是水，是回音。

冰糖山楂

这一篮子小小的、沁红的心，
正像我爱慕时的你——
雨水顺着娇嫩的颜色
滴落；也有凹凸，也有伤痕
也有污秽，我用嘴巴修剪着
这份爱。黑色五角星，银色圆点，
三瓣核：光影过后，棕灰的
晶体，凝结在平面。这团冷的焰火
被擒住，在我舌尖结实地滚动，
硕大如马，甜如玫瑰。
也许太甜了一点，我的味蕾轻轻
颤动，像失重的秒针。

这就是结局吗？我舍不得咽下。
二十多年来，我一再推迟它，
仿佛我一再推迟对你的爱。
天黑下来。诱人的红，浑圆的梦，
你像一截波浪，
翻滚在夜的无边海岸，
而我无数来回，测探你不见底
的深。犹如洞穴中的泉，我们
消失
在这浑然一体的黑暗中……
不会再重逢。
此刻我的心是苦的，不像它们。

弃子

弃子，本名陈道尧，生于1988年，福建宁德人。

黑棘鲷

请原谅。这已然
不可能的。
我没法参加你的分享会
我在一个叫
螺壳岩的地方
为了一条黑棘鲷。
它猛地扯住了
尼龙线。我能确信
那会是最后的
收获，不可多得。
但也一定是它拒绝了
是它的逃脱
在我屏住呼吸时。
在一次骤雨中。
那些打在脸颊的雨
我能感到
这个夜里
它们将继续在没有
灰尘的地方穿行，带动
我的尼龙线。
我仍能看到
尼龙线绷紧过的地方。

时钟的潮汐

这里，住着一个穷困的诗人
一个邋遢的酒鬼
在他读着友人写来的片段中
心头已没有兴奋可言。
“但这并不意味着他们之间
的情感已不深。”他安慰自己。

“相反，或许彼此太熟的缘故。”
他着手改动句子：
年轻的日子走散
风中不可获救的金棕榈。
就如一块披覆风霜的铁[1]
和一道划过脸孔的潮汐
有着一同的含义。
而书写，直至再无秘密可言
直到再无必要
让我们各安其命，如午后
攀附在天井里的粗枝
和夜里虬结的枯枝。
同样的，寒流中的马骡
和细雨的泊车。
这些不一的时日
就像着手改动着句子
又将它削弱，化归为时钟的
走动，在迷途中永不停歇。

①引自黑夜的诗《停电夜和我儿》。

根植于现在

不断弹奏让指尖
的茧越来越硬
徒留一点顽固的知觉
也愈发抗拒着弹奏

那时父亲出海了一整夜
在破旧帆影里
像沉默点着灯
而那些晦暗的瞬间
根植于现在。

仿哥尔

云朵自山头飘过，像一种亡灵
这路上似乎从未有过它的阴影。
你写着些无用之物也只是
感觉着丝毫的痕迹。

你在摆动着寂静的冬日看着
那个荡然无存的捕手在半残
的葡萄园里吐沫蹒跚①
那是孤独的感觉穿过你。

①引自伊凡·哥尔《秋颂》中的句子："红色的葡萄园吐沫蹒跚。"

台　启

有足够的铅坠，和不忍
丢弃的轻矶竿。子线用1.5。
如果一早潮水褪尽
夜里就先落脚在那海边小屋。
打算再去换一副导线
禧玛诺水滴轮老化了
但还无妨。
犹记得一次和你一块守鲈
在明月初生的海面
谈起的未来
却已有别于现在，而那条
闪着微光的渡船
牵绳一直绷直在退潮的水面。
当我们醒来时
薄光初至的清晨
木窗外，正蒙着一层水雾。

直到曙色乍现之时。

丝　绒

我听到一个老女人在怒斥她的黑猫
用毁坏的衣架驱赶跃过染缸的黑猫
怒斥，又顾自哀叹
仿佛它做错了什么，注定被驱逐。
然而就在夜里
她又试图召回那悒郁的东西
用晚餐时间召唤那悒郁之物。
现在那只黑猫正蜷在她怀中
（女人的言语已变得轻柔）
仿佛灯光下她正轻抚的是一件疤痕
在怀中，那昏聩的丝绒。

印象峡谷

不被界定的时节
在曹家寨，一阵狂风刮过
盏灯的平房，像一个人
忆起暮晚的河流
奔涌在老鸦峡谷

倾听那疯狂燃成灰烬的声音
像一团古老烈焰闷进
笨拙炉膛
好让我们能觉察到
夜与昼的差别，转瞬于

周遭的奇迹。
而那将深蓝的星空烧成

粗糙的河汉下面
在宇宙四壁纵深的盥洗室里，一场大火
正拼命扑灭自己

即 景

我从舷窗口上看到了
海面漂着的一个黑色旧行李箱
在午后阳光中打开
里面空无一物
海上有很多这样的行李箱
在这午后的海面漂着
像缀连在
阳光的一根粗纤绳上
因为阳光刺眼
看不到里面盛放着些什么

野灰灰菜

浓雾并未散去
我站在一处裸露着风化岩的草丘上
在这回家的途中想起
曾经又是怎样害怕途经这儿——
担心身后广袤的阴郁会猛的
一阵风刮过——那是四月，已近尾声。

而现在是九月，只是雾气还未消散
在这驻足过的此刻我想到
已多少次经过这片荒地
当身后的一阵薄风吹动了脚边草丛
是那个嘴角常含草茎的人
正沿着野灰灰菜丛生的小路回家。

滨水区

赤松防风带背后远远的
海岸线上
一轮朗月正缓缓升起
几颗星附着在
冰冷的夜空，像渗出了汗珠
而如果是哥尔
（置身拉克万腊的人）
他会说那是
水的翅膀——
并以此寄给同是诗人的
克莱尔（他的妻子）
就像月光穿过夜的
漏斗，落在静至的沙滩

偶　得

在髹白漆的枯枝旁
醒来
已没有夜里的
风声
树也静着——
这是早晨带来的
某种平静。
而就在
昨夜　窗外
一息尚存的
风暴
为醒着的人
点燃了耳朵

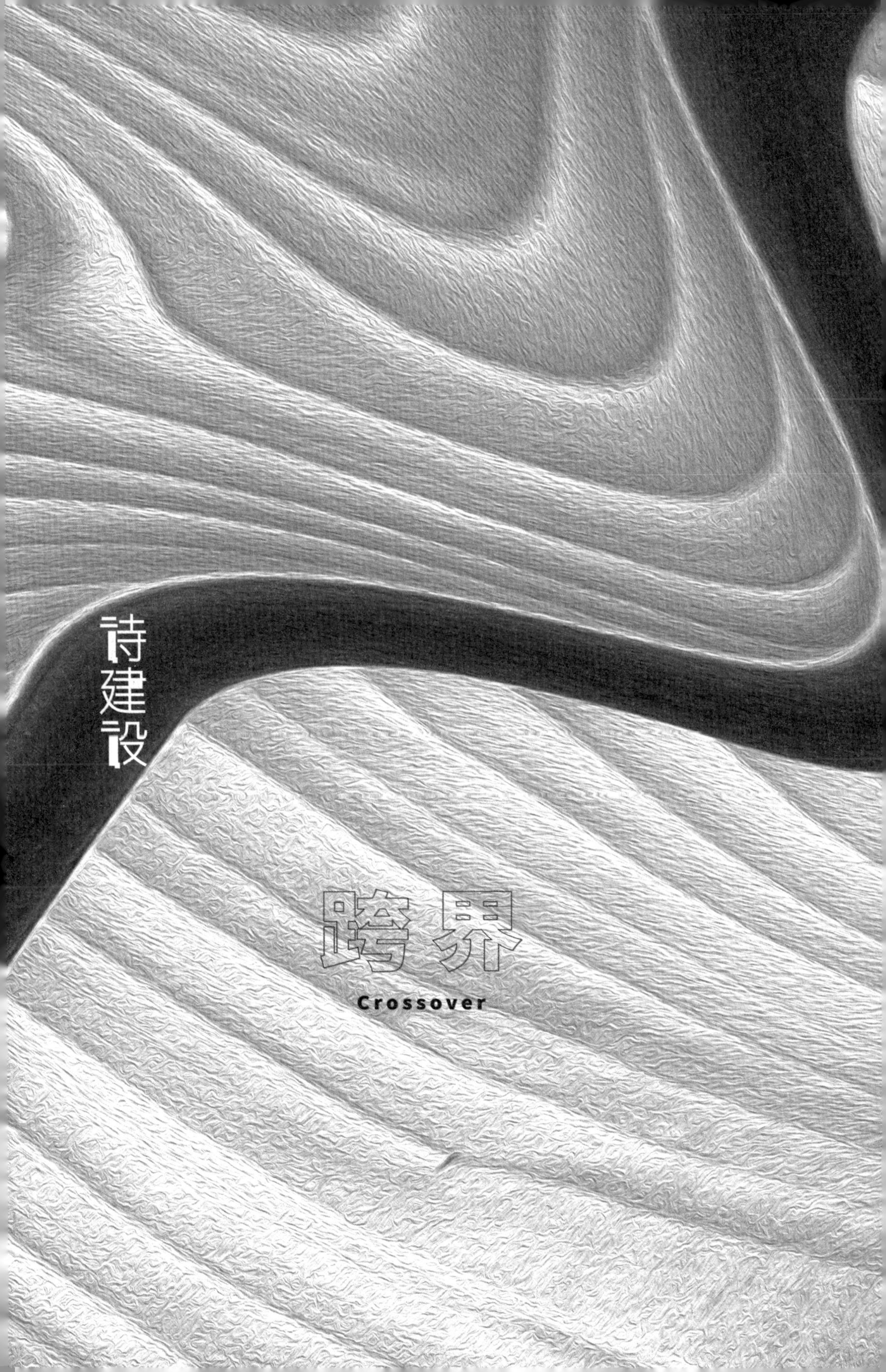

诗建设

跨界

Crossover

活动现场——左起：李秀勤、张浩、多多、泉子

编者按

2019年11月30日晚，“相遇在人可”第二期诗歌讲座在杭州人可艺术中心举行。

本期讲座由杭州人可艺术中心总监何勇淼担任总策划，诗人泉子担任学术主持，对话嘉宾为中国朦胧诗派代表诗人多多，中国美院教授、当代艺术家张浩和中国美院教授、当代雕塑家李秀勤。

对话录：诗歌是要超越的，要起飞的

多多 等

何勇淼： 尊敬的老师们、朋友们，大家晚上好！今天，非常荣幸邀请到著名诗人多多先生到人可艺术中心做客，为我们开启“相遇在人可”第二期的诗歌讲座。“相遇在人可”是人可艺术中心倾情打造的一个思想交流、碰撞的跨界平台，意图把绘画、诗歌、文学等各领域中真正有思想的人集结在这里，生发出一种新的可能。所谓“诗画同源”，我认为这句话在当下的艺术语境中仍然成立——视觉固然重要，但更有深意的是视觉背后的诗人气质。今天到场的嘉宾有中国当代艺术领域的大腕级人物，也有中国当代诗歌界的领军者，我相信在诗歌与艺术的相互碰撞下，今晚的讲座一定精彩绝伦！下面有请诗人泉子主持本期诗歌讲座。

泉子： 今天是杭州今年入冬以来最冷的一天，屋外还下着淋漓小雨，所以我首先要感谢来到杭州人可艺术中心的所有新朋旧友，感谢大家在这样一个寒冷的冬夜赶赴这场诗歌的聚会。今天是“相遇在人可”第二期，我们非常荣幸地邀请到了当代汉语中一位非常重要的诗人多多先生，以及中国美院教授、著名当代艺术家张浩先生和中国美院教授、当代著名雕塑家李秀勤女士。

多多先生一直是我敬仰的前辈。我们很难用一个或几个词语来描述多多，无论是“中国最优秀的抒情诗人”，还是“当代汉语最卓越的探索者”，因为每一种限定都只能说出诗人的一个侧面。而这也恰恰是一个大诗人的标识。我们能说出的总是比他自身少。而在我心中，多多提供了当代汉语中一个孤往者的形象。

多多曾经说过，食指是他们一代人的一个小小的传统。我想，他指的是食指诗歌中一种个人声音的苏醒。食指诗歌总体上因袭了贺敬之、郭小川的语调，但正是一种个人声音的苏醒使食指终于成为食指，并成为不久蔚为壮观的朦胧诗诗潮的先声。而多多诗歌的醒目之处在于它从一开始就是成熟的，并把一种个人的声音推向极致。他的语言充满张力，极其简洁又极其准确，极富感受又充满智性，就像其中密布着一个个语言的黑洞。这也是多多从欧洲归来之后，越来越坚定地视德语诗人策兰为隔世知音的更深处的原因，并终于为我们，为汉语奉献了一个孤绝者的形象。

今晚的活动不设主题。就像一首真正的诗需要意外的惊喜，我也希望，今晚的活动通过各位嘉宾的分享、之后的问答，成为由在座的所有人共同完成的一首诗。

首先有请多多先生。

多多：今天很高兴能与诸位在夜雨中的杭州见面。刚才何勇淼先生和泉子提到了诗人、画家，我在这里补充一个身份——诗人艺术家。我写诗，也画画。诗画合一是中国古老的传统，西方也是如此，只不过在今天我们将二者划分开来。诗与画的关系，就像诗歌与哲学一般密不可分。

什么是诗歌？于我而言，诗歌是一种语言的存在，其核心是创造力，在创作的过程中充满着神秘和未知。“生活是创作的源泉”，这句话是对的，但又不够。有了这个源泉，我们就可以源源不断地书写下去了吗？诗歌是要超越的，要起飞的，是在“那里”言说的一种没有由来的神秘之物。但诗歌与生活并不是相互隔绝的关系，它可以折射现实生活。

诗歌和哲学的思维方式全然不同，它不属于所谓的理性——科学理性、技术理性，也不属于通用的理性范畴。准确来定义，它是超理性的。当我们写了一首好诗，会认为不是自己写的，那会是谁写的？是你的“元神”，这就是兰波所言的，“我也是他者（I is someone else）”。所谓“元神”就是你的灵。我写诗已经47年了。直至今日，我每日都写，当然不一定马上就能变成一首诗，我只是把它当成一种训练的方式。当你在写作、作画的时候，除了你就是它，没有他人，没人能够帮助你。

中国是一个诗国。在三千年的传统文脉传承中，我们的思维和语言文字已被锤炼得最富诗性，也最适于诗歌的创作。朱光潜在20世纪50年代就已经做了结论：中国唯一可以与西方各种文学形式相匹敌对抗的唯有诗歌。为什么？凭什么？语言的秘密很厉害，尽管现在我们是用现代汉语来写诗，尽管诗歌已不是之前的诗歌，但我们自有一套诗学思想和诗歌精神，流淌于我们的血液之中。如今是一个信息爆炸的时代，一个批评的黄金时代，也是一个可能即将完全智能的时代。人们的思维和感受越来越被技术化，读诗的人越来越少，诗歌受到了威胁。但我相信，有深度的、严肃的诗歌写作仍在继续，有这样的追求，我们诗歌终能进步。

最后，我想谈论一些关于绘画的思考。如今，美术这个领域非常宽广，包括装置、行为等。我所讲的仍然是架上绘画，它和诗歌有很多共同的地方，比如幻觉。幻觉绝不能当成一个贬义词，它在艺术创作中起到决定性的作用。幻觉是什么呢？其实这是一种硬性的命名，说它是“幻觉”都不准确。它是一种出神、走神，而在彼时，某种意想不到的不可解释的神秘之物便会随之到来。面对一张画布，从哪里开始？为什么要开始？凭什么开始？如果继续这样问下去，就不能下笔作画。只有当画即将完成之时，你才知道画的是什么。如果我们把可解释性之物放在第一位置，则是有害的。从观念出发去制造绘画和诗歌，这都不可能。

泉子：是的，真正的诗或者真正的艺术都是无中生有的。

李秀勤：今晚的座谈讨论，我觉着多多老师一开始就提出的一个问题，把我们引入了一个很高层次的思维境界，即诗和艺术创造的起点在哪里。这是一个问题……我认为是放松，人只有在完全放松的状态下，你全身的细胞才会开放；当自己在一个什么都不知道完全放松的状态下，你的觉知才能完全开放。知识、经验往往会引导你去拷贝别人或者自己。当身处一个放松自如的状态之时，你可以接收到很多的能量，这种能量会在你的身上产生作用，你就极有可能觉知到超越知识以往经验而达到另外一个境界。

多多：创造力来自未知而非已知，这句话应当成立。已知的东西已经僵死了，是别人的了，不是你的了。

泉子： 汉字有强大的表意功能，诗最初的意思是寺人之言。寺人也就是出家人。这里的出家人并不专指僧人，也包括古代的道士等，相对于工、商、士、农，他们是更关注精神层面的一群人。他们关注的不是柴米油盐，而是人世的终极问题：我们从哪里来？我们又往哪里去？包括生死、时间与空间。已知的是极其有限的。我们对宇宙的认知，可能是真实宇宙的万分之一，甚至亿分之一都不到。地球在宇宙的位置，从太阳上看就一个球状，从银河系看就一个点，再往远点看，可能什么都没有了。或许，正是因我们从宇宙深处一次这样的凝望或俯视而获得的惊悚，触发了最初的诗歌。

多多： 平行世界、多重宇宙，天文学的理论在不断改变。未知大于已知，这是创造力的首要条件。

泉子： 前面多多先生谈到诗画合一，我们也很想听听张浩先生的见解。

张浩： 很高兴参加"相遇在人可"第二期的活动。我从12岁开始画画，至今已经画了45年，但差不多20岁之时才开始读诗，比如泰戈尔的《飞鸟集》等。多多先生的《致太阳》写成于1973年，我要是能在彼时读到这首诗，还不知道有多么激动。20世纪80年代正是美术新潮运动的时候，读诗是必然的。诗仿佛是火花，读诗是为了燃烧自己，而自己也愿意被其燃烧。那个年代的诗人很少，但都相当厉害。后来一部分人离开了，比如多多先生去了荷兰；一部分人自杀去世了；还有一些人就此销声匿迹，再也读不到他们感动人的诗了。那是一个不可多得的年代，至今仍活在我的记忆之中。如今写诗的人多了，画画的人也多了，但读诗懂画的人少了，这让我感到十分悲哀。我不敢说诗死亡了，但艺术正在接近死亡。

20世纪80年代之后，我读诗越来越少，直到最近才开始再次拿起诗集来。"相遇在人可"第一期邀请的是批评家、诗人耿占春，我对他诗歌中以"论"字开题的诗歌印象很深，他写诗的风格就像写文章一样，论神秘、论晚期风格等。前不久诗人阿多尼斯来到杭州，于是我便买了他的诗集看，重温一下读诗的快感。今天见到多多先生，又让我重新回想起那个绽放光芒的年代。

另外，就创造力，我想与大家分享一二。我天天画画，一天不画都不行。

为什么呢？只要手一停，“感觉”就不在自己身上了。思绪仍在，但不在手上，不在身上，它就会离开你，所以手不能停，必须每天画。灵感有时候能够获得，有时候则获得不了，有或者没有，只能等待，只有认命。画画时要把自己全部放空、全然忘记，等灵感降临之后再进入画面，笔触若是陌生的、不熟悉的，便对了。如果画得很熟练也很轻松，则是在技术层面上重复自己之前的作为。一旦感觉到“熟悉”，之后就非常痛苦，唯恐自己的创造力就此枯竭，所以我每天都在直面挑战。

其次，我认为阅读十分重要。不读不行，读了还得把它遗忘，实际上是为“存在”增加些力量。

多多：刚才张浩先生提到知识的遗忘。我认为阅读之后，最终还是会有所记忆，其中充满了不可尽言的神秘——这是你和它的共鸣，不是它教于你，而是你本就拥有，只是被某一句话激醒了。共鸣与激醒，作为创造的主体极其重要。

泉子：知识当然重要，但它最大的意义是帮助我们最终通向一种“无知”的状态。

多多：我还是想回到诗歌本身，谈谈诗歌当下的困境。坊间曾流传一个说法：20世纪80年代时扔一块砖头都能砸着6个诗人。那时候我去北大，4000多人占满了听众席。他们都是学生，都是校园诗人，人人都写诗，那是一个诗歌的黄金年代，一个没有被市场和技术宰制的时代。与20世纪80年代相比，现在的诗人还是少了， 人们都不关心诗歌，不需要诗歌了。二〇〇几年的时候，我去参加葡萄牙的一个诗歌节，地点安排在一个悬崖上，面对着大海。我问：“听众在哪？”诗歌节主席说：“听众就是这些海豚，因为人们不听诗歌，我就让海豚来听。”前段时间大英博物馆为我组织了一场诗歌朗诵会，只有18个听众。所以，不管西方和东方，诗歌都面临着现代性的困境，这是全球化的一种体现。

海德格尔曾言：“技术是人类命运的危险框架。”今天，诗歌是无用的，因为我们无力阻挡。那么诗歌的本分是什么呢？就是创造个人的时光。我很自觉地知道我所说的、我所做的都极其有限，我就是一个写诗的、画画的，这辈子就做这么点事儿。

泉子：每一位作家都会面对写作的困境，都会有创作枯竭的时候。枯竭，并不是说笔和手的枯竭，而是心的枯竭，所以修身养性尤为重要。在古代，画家和诗人能相互辨认，为什么今天大家都隔绝开来？因为信仰的缺失。

活动现场——何勇淼（站立者）在做开场介绍。

“上帝死了”——上帝只是一个代名词，它是西方的“上帝”，也是东方的“道”。道被遮盖，那颗共同的心被遮蔽，我们失去了这共同的安身立命之物，于是深陷在现代性的困境中无法自拔。但我相信，那些伟大的诗人和画家，一定能通过不懈的语言锤炼和笔墨练习，找回那颗我们共有的初心。

附录：观众提问

1 多多先生，您是如何平衡阅读和创作的？

多多：第一，当有巨大的兴趣和需要时，你什么都会不在乎。一个人告诉你明天早上八点来取书，你整夜都得把它读完，还要做笔记。年轻嘛，开夜车呀，头发怎么白的？这么大的容量，拼嘛！我一辈子都这样，我喜欢这样，自觉自愿的。

第二，20世纪70年代的时候哪有那么多的书啊！哪像今天去书店什么都有。什么都有的时候，什么都变得不重要了，不专注了。我们那个时代没有选择，其实反而很有效率。

2 多多先生，您刚才谈到创作时需要物我两忘的、出神的状态，而我们“80后”“90后”年轻人却很难达到，您能给我们提供一些建议吗？

多多：为什么写诗？——我必须写，不是为了什么而写，不是出于什么原因而写，而是我不能不写。出于某种目的而写诗，都是一种虚假的行为，最终都会放弃写诗，放弃诗歌。

3 “无意识的写作”和“写作的担当性”是否相互矛盾？

多多：我认为“写作的担当性”完全是一种理性的观念的选择；而所谓无意识，是一种自由的直白的流露。今天的社会，无意识的状态越来越可贵，我们都非常警惕地活着，我们背负着巨大的压力，我们成为当代的奴隶。

4 在写作的时候，当你充满快乐和幸福，却写不出任何东西；相反，当您忧愁、悲伤的时候，灵感马上会流淌出来。所以，会写诗都是天生的吗？

多多：当我们不只是为自己个人而活的时候，是不会快乐的，你考虑的越多、越深，就会越忧愁、越悲伤。

再者，说一句毕加索的话："我从不寻找，我只是发现。艺术是通向真理的谎言。"你越寻找越找不到，你必须发现。怎么发现？那是你自个儿的事，没法教。

5
我看过很多诗人的诗集，他们的作品会越来越接近于抽象和深邃，所以诗歌创作会不会存在一种进化的方向？

多多：我认为人性不会有进化，诗歌也不会。不是说什么时髦的东西出现了，就是好的，根本不是。诗歌没有进化，也不需要进化。策兰所提倡的"到达陌生处"是什么意思？——是能够进入不同的维度。现在的人们认为时间是线性的，永远要向前走，是这样吗？人类以为可以掌握和操控自己的命运吗？

6
我们"90后"这一代面临着巨大的工作和生活压力，如何才能处理好生活和诗歌的关系？

多多：一个有志于或者非要写诗的人，他都会为此付出牺牲，就这么简单。不能说既要舒适的生活，又要诗歌写得很好。这完全就是做梦。

7
我曾读过布罗斯基的《小于一》这本书，书的内容我很喜欢，但是对于"小于一"的概念我不太明白，多多老师能谈谈您的看法吗？

多多：我读过这本书，但我没有看到他对"小于一"的解释，我也没有办法直接回答你。但我更愿意用另外一个词来解释，它来源于我们中国道家的思想——无。无，不是绝对的无，无是最大，零大于一；无，是无中生有。创造是无中生有的行动。人的生命，从无中来再归于无，这个秘密不是今天科学所能界定和规范的。沉默是无，诗歌就是言说吗？要写的少，要用减法，要让沉默说话。沉默是一种力量，沉默是语言的基础。策兰的诗，沉默、空白、断裂、停顿，以及词语的紧缩，都是向着无。哪里还有滔滔不绝？那是古典主义——19世纪浪漫派以前的做法。诗歌，重要的是能够激起读者的感情，而非只是宣泄诗人自己的感情。每个人都只宣泄自己，诗歌就死亡了。

8 您在西方旅居15年，这段时间对您诗歌的创作产生了什么样的影响？

多多：我在四个西方国家居住过，加拿大、德国、英国、荷兰。荷兰是一个绘画的国家，拥有非常厉害的绘画传统。我画画的习惯也可能与荷兰的旅居生活有莫大的关系。荷兰人本质上是一个科学性的民族，从伦勃朗的古典主义到凡·高、德库宁、蒙德里安、埃舍尔，在绘画上对我都是一种熏陶。

关于写作，我刚出国的时候，有人问：从中国出来到欧洲有什么新的变化吗？ 我说什么变化都没有；回国以后，也有人问：回国了欧洲对你有什么影响？我说什么变化都没有。为什么？难道我到荷兰就写荷兰，我到中国就写中国，那不成新闻记者了吗？诗人不是记者，他不记录，我从来不用诗歌书写具体的东西。

9 “诗是所有艺术的本质”，您能谈谈您对这句话的理解吗？

多多：诗歌并非只是一种分行的文学形式。诗歌是诗意、诗性，是各种文学艺术的共性。从这个意义上来讲，小说家也可以被称为诗人。比如海明威在得诺贝尔文学奖时，将他称呼为诗人，他很高兴。因为被称为诗人是一种最高尚的荣耀。再比如俄国电影导演塔尔科夫斯基，拍的电影都是非常具有诗性的。诗性弥漫于任何文学形式当中，不是能被只拿着钢笔，或者在电脑键盘上敲击的诗人垄断的。定义并不重要，诗歌不是为了满足定义，它朦朦胧胧、迷迷糊糊，它是从混沌中揭露出来的。当然，这话说得也是有水分的。说透了，我们根本不知道诗歌从哪里来，它该来就来了，来了就成就了你，但这样的时候很少，大部分时间，我们都是在那里呕心沥血的磨炼。不劳而获是不可能的，技巧是对虔诚心的考验。

10 如何给孩子启蒙诗歌？

多多： 不要过早地教孩子诗歌。60岁以前的诗人不能进入欧洲批评家的视野，为什么敢这样说？现代主义的传统已经延续100多年，代代都有人才出，一个运动接一个运动，学习、吸收、转化，没有一定的时间是不行的。在如今技术化的时代，我不好预言“你们都没戏了”，这话我不会说；“你们会比老一辈都要好”，这话我也不会说。因为诗歌它是自生自灭的，每个时代的诗人都有自己不同的命运，仅此而已。千万不要逼着孩子写诗，他学到的和写出来的都只是陈词滥调。如果他写诗了，他是诗人了，自然而然。

11 您刚才以批判的语气谈论“生活是创作的源泉”这一说法，这里的“生活”不是广泛意义上的普通生活，您能具体谈谈吗？其次，您认为诗人是一个锤炼语言的匠人，还是应该超越匠人之外？

多多： 精神的生活、心里的生活、梦中的生活，这都是我们的生活，都是我们的存在。生活往往把我们的存在缩小，变成一种日常性。诗歌就是从一个我们认识的东西开始，从哪里来，没有必要弄清楚。上帝、基督、佛陀，只是名称不一样，它的核心是比我们更高的存在。

谁愿意当匠人？但技术是必需的。想超越于匠人之外，必须要有卓越的技术才能够完成，遗憾的是现在很多人连匠人都没当好。技巧是对虔诚心的考验，当然，诗歌不能整天都在练修辞，那样过于机械，我们毕竟不是演奏家，我们是作曲家、原创者，所以要求更高。要小心翼翼地保护你的才能，不要把无价的东西变成有价。庸俗化、得实利，这是摧毁诗歌的起点，必须要抗拒。

李青

李青（1984-），女，浙江绍兴人。
中国美术家协会会员，中国美术学院美术学博士，
杭州师范大学美术学院教师。研究方向为“绘画创作实践与理论研究/具象表现绘画研究”。

当梦幻与现实交汇
—— 一次绘画体验写作尝试

李青

幕 布

幕布是一个镶嵌在我们可视世界表面中的一个不确定的神秘境地。相比于人物完全曝光在华灯下瑰丽的表演，我更醉心于出入幕布瞬间的显隐。这显隐间是梦非梦，亦幻亦真，是耶非耶。对台下观众来说，这块境地如此奇幻，可又无法窥见内里的秘密，它是一个渴望却被禁止进入的地方，是一个可视与不可视世界的屏障。游转于幕后，幕布又成为诱引我窥看而决不能逾越的屏障，它是深具诱惑的神秘道具。

从幕后窥看，微微晃动的幕布之间隔出来的通道成为台前幕后两个空间相互渗透的结构，神奇地暗示了梦幻与现实、内部与外部、此处与彼处、主观与客观空间之间的微妙关系，因此有了入口与出口、诱惑与拒绝、安全与危险等意象的联系和分隔，通过它们“显现”和“隐蔽”着多种存在的可能性。

在戏曲舞台幕后窥看，是一个对人生体验的心理意义上的梦，更是一个心灵对未知神秘空间的现实写照。

教师vs艺人

对艺人尤其是画家而言，艺术创作是一种不可替代的解读世界的方式。我们经常说，艺术是可教的。而有时候艺术又是不可教的。因为，即便我们掌握了精湛的技法去塑造和表现对象，触动人心的东西它依然不能轻易被把握。

那么，能触动人心的是什么？如何触动人心呢？实践经验似乎越来越明确地告诉我，捕捉真实的最好途径就是寻找真实的感觉。这离不开我们的“记忆体验”和“忘我表现”。

何为“记忆体验”？我以为，艺术创作成全心灵的归家。因为它是自身鲜活感觉的总体迸发，它不是一朝一夕的阅历和积累，它教不出来。

说“忘我表现”，是因为当画家达到忘我状态时，世界便与我浑融一体，感觉记忆和绘画技法自然融合。不再刻意去表现什么，而是“真实”在诉说……这时的创作，竟然是图画找到了自己，才可能触及动人的艺术——而这，又是无所不包的“自然”母亲深情而亘古的教诲。只须跟随她，听命于她……

音乐 · 绘画

音乐、戏剧和绘画结缘于艺术的发端时代。艺术跟随自然，艺术沟通天地环宇，人心得到净化，人间便得安宁有序。这就是“艺术应和于自然”“天人合一”？这难道不是遥远困苦时代的祖先本能地发出的爱的宣言吗？

那么，自然赋予艺术什么？很多人说，艺术有哀乐，是对人间的悲悯之爱，因而艺术表达应景的情绪，以适合仪式。而伟大的艺术也是宇宙自然之音。在西方，古希腊的智者毕达哥拉斯认为音乐是模仿宇宙运作的数的比例与和谐。在我国古代，魏晋名士嵇康认为“声无哀乐”，而是天地大音。是啊，谁能说幽山空谷不为花气春暖之音所浸润呢？我也逐渐体味到儿时不甚喜欢的巴赫音乐中如大海般的理序与纯洁的光辉。

是爱，是良知，是自然永恒的真理。因为有它，高到令人高山仰止，下至语默动静的和谐——无所谓高下，只因再平凡、微小之物也显露着伟大的主题。

于我而言，虽不能至，心向往之……

爱花旦也爱小丑

大概每一个女性，她小时候，心里都会住着一个花旦。后来才知道，除了花旦，戏曲还有许多行当。就旦行而言，属昆剧分类最细，有老、正、作、四、五、六、贴之说，还有老戏骨常说的“衣西翡蝴”“一门九娘”，总之，旦的学问深着呢。前段时间，年轻的单雯摘得中国戏剧梅花奖魁首后，来杭州胜利剧院演《红楼梦》，让“昆虫”们过了把瘾。其实，我的第一张戏曲花旦人物画，画的就是她。大约是2005年，单雯二十不到，正是杜丽娘这般年纪，她以《牡丹亭·惊梦》参加一个比赛。而我初涉昆曲，就被她的表演深深打动了。沈世华是另一位让我颇为感动的瑰宝艺术家，在她的舞台世界里，年龄带来的困惑几乎等于零。我强烈地感觉到古代少女游园的种种情思，仿佛整个剧场都被她掀起的气氛所笼罩，真真切切。她在舞台上轻松拿捏观众的神经末梢，常让我禁不住头皮发麻，眼眶发酸。她热情、克制、怜惜。她为舞台而生，舞台因她生动，我仿佛被她带入了另一个梦幻世界中。在好长一段时间里，我画画时，眼前总会出现这位闺阁少女，荼蘼花开人间。《花气》就是在这样的情景下画的。

常言道：“无丑不成戏”“丑是戏中胆”。每一出戏必有丑角的出场。丑角不仅能驾驭上至帝王将相、下至黎民百姓的大小角色，也能驾驭白黑、善恶的正反形象。很难说谁是假小丑，谁又是真将相，人性是复杂的，常常以一体多面的形式出现。经过深入的幕后体验，我创作了一系列以丑角为主角的作品，取名为“幕后之声——王侯将相宁有种乎”，试图揭示这幕后的舞台体验。

一老一少，一旦一丑，都是那么美好，都那么令我感动。

游园惊梦

“情不知所起，一往而深。生者可以死，死者可以生。”

进得园来，方知春色如许。纵使付予断壁残垣，也关不住姹紫嫣红开遍。昆曲瑰宝艺术家舞台表演的魅力在于，她能穿透年龄、时空等所带来的物化形态的局限，直达演剧意境。

在世字辈大艺术家沈世华那里，我强烈感觉到古代少女游园的种种情思，仿佛整个剧场气氛被她掀起，笼罩着江南园林中高古的仙气。寻梦，她安静、克制、怜惜。她仿佛为舞台而生，舞台因她生动；我仿佛走入一个通透的梦境，那里重叠着她现实中典雅的象，流出我自己遥远的记忆……

在另一位梅花奖艺术家张志红那里，住着一位觉醒的少女，她热情、光明、漫溢。惊梦，梦中梦，缠绵也空灵。虚实开阖之间，眼光与身姿浮动，那召唤最是迷人。她幽静暧昧，欲说还休，花气袭人，至刚者也无招架之力——如同江南的春雨。而她从不止于古代园林，赤诚的眼眸，穿过千尺深

湖，宁静地绽放，移步当代生活一窥秘境。

游园惊梦，好像那雾雨中的花气时隐时现，又为莫名的闲风吹散。而那天，我感觉虽身处光天白日，肉眼不见空中之味，可花气的行踪却像古典小说中凄美的女幽飘然而至，又悄然离去。古典园林曲径通幽，古典戏曲中的杜丽娘寻梦惊梦，她浅吟低唱，烟波画景，流光溢彩。这般气息和我的主体意识共同生长、交织，一时间不能自拔。哈，一场白日小梦。从平地游走到跌坠深渊，又穿越了戏文空间！像一个流形舞台，把古典女幽、深渊或者还有诸多可能交错在一起，模糊而暧昧地生长。没有传统概念的时空，时空既

李青作品
《梦幻之中》
布面油画
60cm×100cm
2012

长又短，时短时长，它超越了寻常的对象关系，构筑了梦一般的境域。

又见花气

常常，在场的是昆曲舞台的意境，记忆中幽灵般的花气也出场。“原来姹紫嫣红开遍”，学曲后发现，原来声音也有造型，那满室的气韵韶光呵……

李青作品 《觅》之三 布面油画 170cm×170cm 2011

如果说他们都有共同的天性，就是要在"浸润"的深度中被感知，被切近。我眼前浮现出一幕日渐模糊的场景，是外婆用一家人秋游采摘回来的桂花在昏暗的厨房里碾成桂花糖做桂花艾饺的身影，那时候家里充满了欢乐的气氛。外婆寡言，但总会眉开眼笑地问一句，好不好吃？多年后的今天回味起来，其实迷恋桂花是怀念童年的味道，它的深意早已超过了桂花本身的香甜。

2019年秋天第一波桂花飘香了，外地友人闻讯来求新鲜的桂花糖，说可做上好的杭州点心——桂花藕粉。对我来说，桂花和桂香连同潮湿的老桥、雨巷、戏台上的幕布和昆曲的梦幻腔调都一直在家乡境域中存在着，如一首童谣《外婆桥》，成为挥之不去的生命主题。我试图让它自然呈现出来，它是丰富的、具体的、非对象的、诗意的，也是形式论美学难以诠释的。实践它并不容易，这大概是我从存在论角度上理解绘画的起点吧。

诗学

Poetics

诗建设

苏轼的现代性

高春林

1

在史上那场古今之争中，关于"'现代/古代'这种术语对立变成了美学纷争的一种标准形式"已经渗入到艺术生活的各个领域（马泰·卡林内斯库《比较现代人与古代人》）。当我们谈论诗歌的现代性，通常会说到诗歌的现代主义，以及诗歌的未来等问题。由此，在今天谈论苏东坡的现代性、中国古典诗与现代性之间的关系，似乎是一个悖论的话题。但我心有不甘的是古典诗学与现代审美之间那种"光照"，却如同加里·斯奈德译出的寒山："默知神自明，观空境逾寂"——"精神照亮自身"。一些美的镜像逾越的不仅是静寂，更多的是时间。

现代性也是一个悠久的命题。在《现代性的五副面孔》中，马泰·卡林内斯库谈道："《牛津英语词典》记录了'现代性'（modemity，意思是'现时代'）在1672年的首次出现。它还援引了霍勒斯·沃波尔的话……"[①] 沃波尔1782年在一封信中谈论查特顿的诗歌时，说到"任何人（只要有耳朵）都不能原谅的语调的现代性"，他把"现代性"作为一个论据，意味着对审美的某种微妙的感觉。所谓"现代"既是推移的时间，又是一个变动不居的语义。正如人们所理解的音乐，在听觉的间奏中，它带来的是微妙的震颤和内心的触动，即便是一种悠远的曲调，如若与内心发生了某种共振，也便有了时下的意味或特征。如是说，更容易唤起对波德莱尔有关美学现代性的理解：

> 现代性是短暂的、易逝的、偶然的。它是艺术的一半，艺术的另一半是永恒和不变……如果有一种特定的现代值得成为古代，就必须从中抽取人类生活不经意地赋予它的那种神秘的美。[②]

在波德莱尔强烈的时间意识下，现代性强调了"现在"的时段，使其与"过去"区别开来，艺术是对当下情感的捕捉。但波德莱尔在谈艺术时又说到每个古代的画家都有一种现代性。这里的一个问题在于艺术的时间悖论。事实上，美的创造以及它的神秘的象征或意味，就存在于过渡与记忆之中。

当然，在我们当下的诗歌写作中，现代主义那种构成美和美的事物的感觉与气质，一直也是我们坚持的一个理念，当下意识自然成为我们写作的基本肌理。而事实上，一种带有精神意味的历史感，却是不可或缺的。或许可以说，历史感也即未来性。熊秉明在谈论古代艺术时说，“我们发现中国艺术有一种精神，这种精神我们可以称之为‘现代的’精神……”。这在杜甫和苏轼身上，其特征更为显在。苏轼是那种洞悉历史而又有着丰富的生命哲理的诗人，就其内涵而言无疑是一个历史的镜像，无论是他的诗学或人格。今天来谈论苏东坡，也许意味着在审视我们自己的精神世界，因为我们自身一些甚为重要的东西或许就是来自苏轼。

苏轼是一个“颠沛”（也有很多人说是“流寓”）的诗人，他一生的大部分时间都在诗词文章中“突围”，在寻找着精神的出口，在他洒脱、超旷的外表下一些论者称他是“乐逸”，而很少关注其“君门深九重，坟墓在万里”那种痛彻内心的寒雨。事实上，苏东坡是真正的“旷逸”，他历经忧患艰难，是修为给予自己一个旷逸的胸襟和风格。即便是早年赴任凤翔的诗中，他也预见了“鸿爪雪泥”的境况，在坎坷的命运中他诗中多出的是一个人内在精神的追寻与探索，“客来梦觉知何处，挂起西窗浪接天”，恍然如梦而又超然独立。……卡林内斯库在谈到波德莱尔时，说他的“现代性不是一种要艺术家去复制的‘现实’，而是他的想象的一件作品，经由想象他穿过可观察到的庸常外表而进入一个‘交感’的世界，在那里短暂与不朽是一回事”。[③]并说波德莱尔的“现代性”并非隔绝了历史，也即含有“历史的现代性”。

历史的现代性，这几乎是一个让人惊疑的说法。事实上这里暗示了一个巨大的精神世界，一方面那建构历史要素的伟大作品一直存活在当下而成为“现代”精神的一部分；另一方面当下的写作也在寻找一种先知的话语意义，试图通过超验性的存在而进入历史或曰古典性。在历史的要素延续下来的精神中，作为一种艺术存在，它依然是神秘启示的一个语系，被赋予更多的期待。在今天的写作中，我们所指涉的事物所带来的精神即我们的灵魂有一个属于它的形象，这是我们的作品存在的一个理由以及我们所坚持的一个诗歌意志。波德莱尔干脆地说：“一句话，为了使任何现代性都值得变成古典性，必须把人类生活无意间置于其间的神秘美提炼出来。”诗歌写作的奥秘或许就在这里：神秘的启示和对神秘的建构。我前边提到苏轼是洞悉历史的人，他的诗词把自己放在历史的大背景中，古今如梦，开阔尽在博大的内心。《念奴娇·赤壁怀古》是一种浪花淘尽千古风流人物的旷达，《永遇乐·彭城夜宿燕子楼》是一种委婉清丽的解脱意念。他开启的神秘就是痛定之中的通达——不仅是历史更重要的是通向未来。

2

现代性也是一个不断演变的审美观念。在康德那里现代性与启蒙精神相关；在黑格尔那里，现代性也是一种历史理论，是带来一种反思的历史意识。本雅明在谈波德莱尔时，提出现代性经验，一种创造的经验。杰拉德·德兰蒂说：“现代主义的精神是创造性表达的精神，无论是在艺术中还是在政治中。”哈贝马斯提出：“唯有通过创造认知领域、道德——实践领域和审美——表达领域之间不受限制的互动，物化的日常实践才能够得到救治。”[④]这里，把现代性从政治社会场域引入了日常生活。这个经由研究者不断丰富其内涵的现代性在不同的领域有着不同的指向或属性。福柯提出：

> 我自问，人们是否能把现代性看作一种态度而不是历史的一个时期。我说的态度是指对于现实性的一种关系方式，一些人所作的自愿选择，一种思考和感觉的方式、一种行动、行为的方式。它既标志着属性也表现为一种使命。当然，它也有一点像希腊人叫作ethos(气质)的东西。

江弱水据此在《古典诗的现代性》一书中说：“现代性是指特定的思想、言说、感受的方式。它标志着某种属性，且不拘于现代才有，古人也可以有。”[⑤]无论是历史的审美，或经验和创造，审视苏东坡的现代性都会带来一种新的启示，以及精神共鸣；无论从反思的角度，或者从行为方式，我们从苏轼身上都能看到一种超然的气质，一个独立而浩渺的精神世界。从诗歌层面来说，我更愿意把现代性看作是一种品质。

苏轼是用一生的时间来完成自己的人物。叶嘉莹在讲苏东坡时，谈到他性格中的两个本质，一个是幼时从范滂危难而不屈服的性格中修为的一种感情品格操守，“士当以天下为己任”的儒家用世的意志；另一个是庄子的影响。苏轼的修养首先融入了这两种品格。他的诗歌体现了作为诗人的一种精神意志和人格力量。“中国的伟大诗人，都不仅是写诗的诗人而已，他们是以平生的行为实践了他们的人格，而不只是作品之中流露了他们的人格。”叶嘉莹说，苏轼不苟合于新党或旧党，无论多少危难困苦，在贬谪中他都“持守”做事，在密州时救旱灾，在徐州时救水灾，在杭州时抗疫情——据载他设立的病坊是中国最早的隔离传染的医院。即便在最艰难的时候，比如在惠州修桥，在儋州打井……都能看出苏东坡的持守与旷达的“行为方式”。他因诗而获罪入狱，历史上有名的乌台诗案记载了他的遭遇。接下来被贬黄州，在这苦难中，诗人呈现出了最具生命力的诗。按照西方思想的说法，没有神性的存在或者说神圣者的到场，人在恶的历史时间中将无法栖居。海德格尔在解释荷尔德林困顿之境时说：“这是一个旧的神祇纷纷离去，新的上帝尚未露面的时代。这是一个需要的时代，因为它陷入双重的贫乏、双重的困境：神祇离去，将来临的上帝还没有出现。”（海德格尔《荷尔德林与诗的本质》）荷尔德林的忧心在于：在虚无中“沉睡”人会变成死寂的石头，他追问神性的含义，在隐遁中追寻圣灵。苏轼在黄州的时间，也是他进入历史的时间。不同的是，困境却显现出他的旷逸、洒脱，以及陶渊明那种自适。他的儒释道合一的精神在他身上再次显示出中国传统文人“达则兼济天下，穷则独善其身”的行为方式。当代诗人张曙光说：“从唐代起，王维、白居易等文人开始接受佛教思想的影响，苏东坡在这方面走得更远。他对佛学涉入很深……这使得他在济世和逍遥之外更多了一种悲悯和超脱。”（张曙光《苏东坡的启示》）苏轼有《定风波》，词云：“莫听穿林打叶声，何妨吟啸且徐行。竹杖芒鞋轻胜马，谁怕？一蓑烟雨任平生。”这是上半阕。这首词作于元丰五年，苏轼被谪居黄州的第三个年头的春天，看田遇雨，心生感念——人生坦然以至于再也无所畏惧。世界本来明澈，除了开阔与隐逸，或许其他都不必言说。陶渊明有诗：“纵浪大化中，不喜也不惧。”苏轼算是陶渊明的一个追慕者，在这首诗中，亦然同样有着遇事自然的态度，“一蓑烟雨任平生”“也无风雨也无晴”。这种坦然与宽阔的境界，也正是苏轼人格的一个镜照。这也是他后来的诗中再现“此心安处是吾乡”“一点浩然气，千里快哉风”那种洒脱的缘由。可以说是诗在重构生命，在赋予世界以无限澄明。

苏轼在后来迁贬海南时那句“云散月明谁点缀，天容海色本澄明”是他《六月二十日夜渡海》中的诗句。这种内心澄明的境界即是挣脱于悲苦的一种态度和心性。评论家敬文东在谈到苏轼时说，他是那种在人间烟火中培植和凝聚着“善和快乐的心性的人”，“今天的人可以毫不犹豫地说：苏轼就是人与诗文相互搀扶迈上更高境界的典范，是心性与诗高度一致的标志性人物”。[6]追寻这一境界，我们的写作无疑都要有这样的使命，当世界暗淡的时候、世界失去象征的时候，我们要通过我们的语言赋予世界以明亮和意味，即便置身于浑浊我们也必然要唤一个透明。正如苏轼所言：“余无所往而不乐者，盖因游于物之外也。”由此的一个启示也在于诗性的力量在建立一个属于我们的世界，其间充满感情，充满雨露，整个世界明明如月。

如果说现代性有变动不居的属性，那么澄明之境就是最终的属性；如果说现代性要回到文学经验本身，那么澄明之境就是经验的肉身。

北宋诗学一直在寻找一种独立品质以有别于唐诗，这几乎经过了六七十年的“时间准备”，到仁宗时期而有了“宋调”。人们说唐诗重意宋诗重理，宋诗的这个品质一方面与宋朝的社会学发展有关，比如理学成为一种社会思潮；另一方面是宋代诗人的探索之路所形成的诗学理念，“寻求新变”的诗风在范仲淹、宋祁等人的推动下产生了宋人通达、明理的诗学思想，梅尧臣首倡“以故为新，以俗为雅”，强调新和工一时成宋代诗学的一个风尚，欧阳修在梅尧臣这个诗歌观念之上提出“穷者而后工”的诗学命题，并以孟郊、贾岛列举穷士为论：“孟氏薪米自足，而岛家柴米俱无。”苏轼是思想文化的一个集大成者，除了前人的儒之有为、道之自然，他还融入了释家的“随缘”，苏轼早年的诗《和子由渑池怀古》中“人生到处知何似，应似飞鸿踏雪泥。泥上偶然留指爪，鸿飞那复计东西”的句子，就透出了他进退坦然的心智。苏东坡精神的形成是和他强大的人格力量分不开的，重要的是他的诗词艺术和诗学思想的建构。在诗学上，苏轼提出的“清真”“远韵”的诗学审美有着遗世独立的意味，其远韵更是包涵了陶渊明的“心远”气韵和精神气质。从宋词来看，苏轼于词的那种豪迈有着独到与创造的一面。有说苏轼的词源于他的诗，是诗人之词，从晚唐五代的小词，到苏东坡这里，是词诗化的高峰。江弱水在《古典诗的现代性》中说：“从南朝到中晚唐的那一极具现代性的诗歌传统，不是在宋诗里，而是在宋词里得到了延续和发展。”并引用了刘辰翁对苏轼的评价：“词至东坡，倾荡磊落，如诗如文，如天地奇观……”清代刘熙载评价苏轼，把他与杜甫并列而论：“东坡词颇似老杜诗，以其无意不可入，无事不可言也。”（刘熙载《艺概》卷四）

3

苏轼诗歌的神秘意义，除了时间上的永恒，除了文字本身，还可用现代诗人帕斯的一句诗来形容：“人，形象之树，……行为都是语言，”[⑦]我一直认为，苏轼是那种富有传奇性的人物，并让他的同时代人以及即便我们当下人在研究他时也有了传奇色彩。甚或可以说，苏轼是那种把他的追随者，甚至读者变成诗人的人物。黄庭坚论诗向来厚古薄今，而在论苏轼时极为推崇：“……东坡之酒，赤壁之笛，嬉笑怒骂皆成文章。”（黄庭坚《山谷集》卷十四《东坡先生真赞》）他常常将苏轼与他心目中的司马相如、陶渊明、杜甫、韩愈等名仕相提并论。如果说诗歌是一种把自由意识建立在语言艺术之上的思想行动，苏轼就是从人类历史中漫游而来的诗人。

今天谈论苏轼的现代性，也是在追寻传记式的神话或历史诗学。他的诗歌是他内在精神和行为方式的一个镜照，是诗人信念的象征。苏轼是寻找诗歌的源头并将诗歌语言落到实处的诗人。从诗学审美意义上说，苏轼改变了中国传统诗歌的审美取向。一个显在行为是苏轼对陶渊明的评价与和诗。据载，苏轼在黄州时得到友人赠送的江州东林寺藏本《陶渊明诗集》，有神交之感：“梦中了了醉中醒，只渊明，是前生……”以至于苏轼后半生都以陶集为伴，“每体中不佳，辄去读，不过一篇，唯恐读尽”。后来在惠州时还写到“我即渊明，渊明即我也”，他对陶渊明的审美和阐释是双重的，既有对陶的人格精神尤其是自由境界的理解，又有对陶诗的阅读和追和。苏轼谪居海南儋州时在给子由的信中说：

> 古之诗人有拟古之作矣，未有追和古人者也。追和古人，则始于吾。吾于诗人无所甚好，独好渊明之诗。渊明作诗不多，然其诗质而实绮，癯而实腴。自曹刘鲍谢李杜诸人皆莫及也。吾前后和其诗凡一百有九篇，至其得意，自谓不甚愧渊明。今将集而并录，以遗后之君子。子

为我志之。然吾于渊明，岂独好其诗也哉？如其为人，实有感焉。（苏辙《子瞻和陶渊明诗集引》）

这是苏轼在诗学上的审美发现。陶渊明诗歌在他生前以及在唐代诗人那里都一直受到冷落，钟嵘《诗品》虽然称陶渊明为古今隐逸诗人之宗，却把陶诗列入中品。即便是唐代隐逸诗盛行的时期，人们对陶渊明的认识仍存在局限。苏轼追和陶诗是一个先例——此前从未有人追和古人诗歌，他的阅读和评价形成了“苏氏陶学”。由于苏轼等人对陶渊明的推崇，从宋代开始陶的地位真正确立下来。这种诗学审美是一种新的文学价值取向，意味着改写了中国诗歌的传统诗学和评判维度。

苏轼论诗被编为《东坡诗话》，这是一个从北宋到现当代都在不断丰富的辑录，从当时的三十二则到今人的编辑，“苏轼诗话四百八十一则”。[8]苏轼诗论论及诗人颇多，从《诗经》到魏晋，到唐代的孟浩然、王维、李白、杜甫、韩愈、柳宗元、元稹、白居易、孟郊、贾岛，都有论述批评，在唐代诗歌中苏轼对杜甫的评价最高，认为杜甫诗歌在历史上是一座难以逾越的高峰，“苏轼谓杜诗、韩文、颜书、左史皆集大成也”。（陈师道《后山诗话》）杜甫被苏轼称为“集大成者”“史诗”，并说“子美诗外有事在”，这里的“诗外事”也即诗歌中的现实，苏轼是在苦难中完成自己的诗人，他深知诗之为诗的现实意义。杜甫所给出的，一个是内在精神，另一个就是诗的现实感受力。苏轼把杜甫诗歌看作唐代诗歌之首：

古今诗人众矣，而杜子美为首。岂非以其流落饥寒，终身不用，而一饭未尝忘君也欤？（苏轼《王定国诗集叙》）

苏轼对陶渊明、杜甫的理解与审美，可谓是诗的根性寻找。这种根源的问题，包括陶诗的“避尘”、杜诗的博大与现实，几乎就是苏轼已降的时间中国诗学的一个方向。历史的现代性也可以是审美的“态度”，也就是说，在这种审美中有限的时间变成了无限，因为历史演变为向未来敞开的时间。诗的神秘，以及诗学思想的建构，现在看来成为历史的行动，也在影响着我们，其中的一个启示在于：当代诗歌话语和当代写作不只是一个由某个地点与人物构成的显在世界，诗学的根源性指向，要求我们的写作进入一个思想的世界。思，即诗——在完成思想与历史以及现实的对话。现代性对于古典诗学来说是一种历史行动（包括历史批判），而对于当代诗来说，现代性或就是诗的一种隐喻世界。一个人的行动始终要靠其人格力量，而且必将用漫长的时间，来完成词与物之间的彼此寻找、创造，这种对语言的可能性的创造，也即一个隐喻世界的构建。这是诗人完成自己的过程。臧棣说：“在现代以前，或者在诗歌的现代性被迫成为一个问题之前，一个诗人所面临的根本问题是如何变得完美。而进入现代，诗人面临的改变问题则是‘成熟’的问题……”[9]诗歌其实一直在追求“完美”的道路上，从历史到未来，即便是在一个微启蒙时代的今天也显示着诗的活力。

4

诗歌是始于对话的艺术，是内心的自我慰藉或彼此安抚，从而去唤醒一个象征的世界。而诗的神话往往迸发于某一个历史时刻，越是在苦难中诗的感受力越显示出现代性。如若不是黄州的苦难日子，很难想象苏东坡的《寒食雨》以及他诗词艺术的高峰。我在写下这些文字的此刻，一些城市（包括黄冈）因疫情还未完全解封，而封城的这些天，无数的人尤其是在病中的人都对未来有一种未知感。有人说，现在文学已经很难深入苦难的深处，能够说话也只是活着的人的一个安慰，因为死亡意味着时间的终结。灾难面前诗仍是话语的一个先锋，在携着精神的力量抗争，从苏轼黄州的贬居和禁行中的精神突围，到现在面对灾难、死亡和封锁的煎熬、焦虑，生命意识一直都是现代性的一个属性。耿占春在《现代性与死亡》一文中说：“诗歌话语是死亡的现代性体验的一副解毒剂，是人与自然、生命与死亡、生者与死者之间象征交换被恢复的时刻。诗歌话语是我们的时代能够对潜意识重新进行社会认可的象征交换的最主要的形式。”[10]

苏东坡晚年写道：“问汝平身功业，黄州惠州儋州。”为什么说到这贬谪的时间最长、生活最苦、行动最难的三个地方？三地时间所给予苏轼的现实是铭心的，甚至很多时刻都是九死一生，如果说帕斯的“现时”是现代性的“极端的、最后的花朵”，那么苏轼的这些地方和时刻可谓是泯灭幻想的现实，诗人唯一的出口是拯救，从生存到精神的拯救。我们今天喜欢谈漫游，似乎在漫游中有诗与远方，即便是在德令哈，海子也曾以浪漫的歌吟写下“这是雨水中荒凉的城……美丽的戈壁空空”，有一种词的明亮，这是自我寻找的漫游。而苏轼后半生的那些迁贬却是残酷的流放，说好听点是漂泊中的“流寓”，身在藩篱，困苦挣扎。诗的神秘也许就在这里，它属于寒夜的旅人，是苦难者的呼吸，是悬崖边上的一只麋鹿。这种来自诗歌的激励或拯救，如同帕斯所言：“诗歌可以缓解生活中的苦难。一个人阅读荷尔德林之后，就会理解世界和祖国——还有谅解。没有惠特曼的诗句，我们就无法领会对人类与自然的赞美——还有爱。通过艾略特的《荒原》，我们可以懂得那个龌龊的非理性的社会，它破坏与对抗现代的概念——并试图改造世界……诗人——真正的诗人——他的领地是不变的；在他们身上，我们会找到世界万物的真实与谎言。”[11]这就是诗歌的神秘力量所在。一个人就是在这样隐忧的世界通过生命之词赢得了时间，赢得了属于自己的独立性。这是一个诗人的灵魂，也是一个民族的精神存在。

当代诗或者说当代写作，与古典诗歌的语言秩序截然不同，甚至可以说没有传统可言。但是，“诗性”的东西是相通的。诗性，即内在精神，是社会经验在诗的揭示时所呈示的本质。唐代诗人通过游历生活造就自己，摆脱自我，从自然中捕获诗的奥秘。这种游历从来就是文人真士艳羡的事，而到了宋代，苏轼所接受的现实和他的艺术所表现的“超现实”达到了一致，他的“流寓”大多是一种被迫的行为，人在藩篱和压抑下，从来就有追求自由自适的心理或梦境。公元1037年苏轼生于四川眉山，1057年抵达中原走上仕途，一生所到之处甚多，比如凤翔、杭州、密州、徐州、湖州等地是仕途任职，杭州、常州也是他所喜爱的地方，而另一些地方大多是贬谪飘摇之所，从惠州到儋州都意味着绝望的境地。公元1100年因赦北返，在途中也就是第二年七月因瘴毒卒于常州，1102年“闰六月，葬于汝州郏城钧台乡上瑞里”，也就是河南郏县，我所生活的县城。这可能也是我偏爱苏轼的一个原因。当然重要的是苏轼的星光还在我们的头顶闪耀，既在历史之上又隐逸在我们的现实之中，激励着我们的写作有一个审视和真实的声音。苏轼所葬的地方叫苏坟寺——孤岛般的一个偏隅，我曾写下：“先前的人，在这里躲过灰尘。/我什么也躲不过。呼吸着/松柏的气味，为体内的黑暗找软体。”诗人蓝蓝在《把我的石子还给我》一文中说：“伟大的苏轼和他弟弟苏辙的尸骨埋葬在郏县小峨眉山下……那是个幽静安宁草木森森的去处，每有外地诗友来，高春林总会把他们带到这里拜谒，木朵就送他‘苏坟守林人’的雅号。”“一个与这个世界对应的另一个世界，一个充满了隐喻、想象力的世界。在这样的世界里，可以安放人的梦想，安放俗世的不够。”

现在中国有18个苏轼纪念地，所谓“江山留胜迹”是一个奇特的存在，吸引着人们的登临与凝视。苏坟寺有一奇异现象：院外天晴月朗、风平气静，院内风声萧萧，雨声哗然。方志称：“苏坟夜雨”。我于早年曾在此寻觅，并写下诗句——

风在茫茫黑暗里穿过了身体
天空的星河静寂地流动
苏轼墓园若隐的萤火静寂地流动
我弯下年轻的梦境
深深一拜的瞬间，恍若鸣于耳廓的雨声
从森暗柏树落下的雨声
在这个清朗的晚上，作为一个秘景
竖琴般潜藏在了我的身体里

这首诗是早年的一个习作《寻苏坟夜雨》，写于1991年9月，当时有三十多行，后来多次删改勉强留下这八句，算是习诗期的一个念想。之所以谈到这首诗不是为了某个奇观，是想说历史在自然中安置的一个隐喻。这个景观当时并没有遇到，几十年来多次来这里也难得一遇，直到2015年农历八月十六日夜，我们在苏轼墓前确切地听了一回夜雨。这是一个奇迹，有文友写道："在东坡的坟前，香火已点燃，诗人高春林双手合抱胸前说，现在我们祭拜东坡先生。也就在我们弯腰叩拜之时，只听头顶柏林间一阵雨声骤然而起，我分明地感到几点雨滴落在我的头上肩上……抬头仰望夜空，却见月光更明。"这是真切让我感叹的一次，因为苏轼不止一次地寄言苏辙对床听夜雨："林下对床听夜雨，静无灯火照凄凉。"（《雨夜宿净行院》）这一次，我写下了一首《八月十六夜在苏轼墓前记》："时间深处的静像是定风波里的麻叶，/被清凉包裹着。雨声，的确是雨声/在毫无征兆、在我躬身的一刻/'哗哗——'而来，仅瞬间，像是一个错觉，/但我知道，我们没有错过一个自然之谜。"

> 在这夜的深邃里，我们像是一个游魂，
> 探视着我们的内心。一公里外
> 是公路，二十公里外是城市，以及繁华
> ——诗没有出口。诗找不到圆月和晴朗的雨。

这算是对早年抒写的一个弥补，因为能够在诗里回到现实中来。说了这么一个题外话，旨在通过这么一个故事或隐喻来说明：诗，是一种神明。为了这个神明，我们每一个人都在寻找的途中。对于诗人来说，"寻找我的词"，既是一个旅程也是一个使命。即便是诗歌话语变得十分边缘的时代，我们为了诗的旅程也有必要记下短暂的哪怕是瞬间的感受，如果说诗在今天只是剩余价值，那么这个瞬间也保存了时间。诗就是这样创造着，纯粹的旋律、醒着的时间。前边说到当代诗和古典诗属于不同的语言秩序，但精神的存在却是一种延续。张曙光在《苏东坡的启示》中说：

> 中国新诗创作经过一百年的努力……我们的所处的世界要更开阔、更复杂，时代与写作者的个人联系也变得更加紧密。但写作与时代的关系仍然不变，社会的不公和人类的苦难仍然存在。美国诗人斯奈德当年在接受一位中国学者的采访时曾说，他对中国的兴趣已由唐诗转为宋诗，这是因为北宋时期的处境与今天很相近。华北平原的森林被砍伐殆尽，也面临着异族的入侵。诗的处境更为严峻，已经由中心转入了边缘。诗人被赶出象牙塔，或者已经没有了象牙塔的存在。今天已经不会再产生苏东坡这样的人物，但他仍然成为我们写作者的楷模，他的写作上的成就和经验也可以为我们所借鉴，这就是苏东坡对我们这些现代人的启示。

现代性是一个变化的时间指向，既指向历史也指向未来，这是一种变幻的美学，而最终给出的是"纯粹的时间"。美国诗人乔治翻译苏轼《定风波》中的"竹杖芒鞋轻胜马，谁怕？一蓑烟雨任平生"，是：

bamboo staff in hand, straw sandals
better than a horse。
what's to fear?
mist and rain,
one straw raincape enough for a lifetime。

这是真切的“现代”。如果再把它译成中文，就是瞬间的形象，一种有节奏的行动、一个当下无惧无畏的人。苏轼诗歌翻译到西方或许就是诗歌的东方神话，充满形象和行动的原型。据黄冈学者饶学刚说：在全球的各个角落都散布着苏轼的影响。这里我也可以把“影响”改为“形象”。在西方，1976年弗兰茨·石泰出版的《宋代名人传记辞典》里介绍了贺巧治的《东坡传》。英国汉学家阿瑟·威廉的《中国诗歌集》有苏轼作品；英国肯那斯·雷克若斯翻译的《中国诗百首》，苏轼诗歌占了四分之一；美国哥伦比亚大学出版有英译本苏轼诗选。日本有小川环树的日译本《苏东坡诗选》等多种选本，苏轼早在1336年就被介绍到了日本，成为最受尊重的中国诗人之一。2000年，法国《世界报》评出12位千年英雄(1001—2000)，苏东坡是唯一入选的中国人。让·皮埃尔说：“苏东坡是一位很有实干精神的人物，他在政治方面是十分有勇气的，不畏权贵，为百姓说真话，就像法国的萨特一样，他们有一种特别独立、自由的精神……这种当时看来有点反叛的精神，特别吸引人。”现代性形象的一个体现最终或是一种精神，苏轼所带来的是历史的现代性，也是现代的人格力量，这是一个不尽的诗歌话题。

2020年3月 于郏县

①马泰·卡林内斯库《现代性的五副面孔》，第43页，2015年，译林出版社。
②《波德莱尔美学论文选》第485页,1987年，人民文学出版社。
③马泰·卡林内斯库《现代性的五副面孔》第56页，2015年，译林出版社。
④杰拉德·德兰蒂《现代性与后现代性》第137页,2015年，商务印书馆。
⑤江弱水《古典诗的现代性》第4页,2010年，三联书店。
⑥敬文东《心性与诗》，见《存在》诗刊。
⑦帕斯《批评的激情》第5页，2015年，北京燕山出版社。
⑧吴文治主编《宋诗话全编》，1999年，江苏古籍出版社。
⑨臧棣《风吹草动》代序《人怎样通过诗歌说话》，2000年，中国工人出版社。
⑩耿占春《失去象征的世界》第396页，2008年，北京大学出版社。
⑪帕斯《批评的激情》第226页，2015年，北京燕山出版社。

人的灵魂

叶芝

黄灿然 译

译者按：《人的灵魂》是叶芝年过五十写的一篇创作自白，它像理查德·埃尔曼所形容的，“几乎像诗一样，是隐喻式的”，而且“充满了叶芝惯用的躲躲闪闪的诡计”，但是它包含叶芝某些最重要的创作观念，包括“与别人争吵产生雄辩，与自己争吵产生诗歌”的著名论说，可以跟他二十年后的重要创作自白《我的著作的总导言》相媲美和相呼应。文章第五节曾有林骧华译文，收入《现代西方文论选》。

一

当我和陌生的男人见面之后，有时候甚至跟女人谈话之后，回到家里，我总会在阴郁和失望中反复回想我所说的话。也许我出于要惹恼人或震惊人的欲望，出于仅仅是由害怕产生的敌意，而对一切事情言过其实；或者我所有自然的思想被一种毫无节制的同情淹没了。和我同桌吃饭的人看上去似乎绝非三教九流，我该怎样在善与恶这类原始寓言的形象中间保持镇定？

但是当我关上门，亮起灯，我便邀请一位大理石般的缪斯[①]，那是一种不会因为别人有不同的思想和感觉而引发任何思想或情绪的艺术，暂时一定不可以有任何反应，而只有行动，而世界必须感动我的心，直至感动到心发现它自己，于是我开始梦想不会在刺刀尖面前颤抖的眼睑：我所有的思想只有安逸和欢乐，我全是美德和自信。当我把我发现的东西写进诗里，那将是艰难的苦活，但有那么一刻我相信我已找到我自己，而不是我的反自我。也许正是对苦活的畏缩才使我确信一直以来我所谓的“我自己”跟那只在花园里吃着有药效的青草的猫差不了多少。

我怎会把童年早期一种使我变得迷信的英雄状况当成我自己呢？我半睡半醒躺着那一瞬间看见的映像，完整和条理分明，如精致、灯光明亮的建筑物和风景的映像，一定是来自我之上和我之外。有时候我想起但丁诗中那个地方，他在他的房间里遇见那个“君王般的可怕人物”，后者似乎“内心洋溢着欢乐，简直是一种奇观，并且他说了很多事情，而我能明白的极少，其中包括：我是你主人”[2]；或在某些情况下，不是以某个姿态——例如某个人的形象——而是在某个美丽的风景里，我想也许是伯梅[3]的风景，并且也许就是在那个我们在其“多姿多彩的鲜花、各种形状的植物和树木、所有种类的水果的极其美丽的繁茂中永恒地安慰我们自己”的国度。

二

当我思考我那些包括艺术家和情绪激动的作家在内的朋友的心灵，我发现一种相似的对比。我有时候告诉一位亲密朋友，她唯一的缺点是对那些跟她意气不相投的人作出严厉评判，而她自己却写了一些喜剧，剧中最邪恶的人似乎都只是些大胆的顽童。她不知道为什么她创造一个没有人被评判的世界，完全是在庆祝放纵，但在我看来，她这美的理想乃是一个补偿之梦，用来补偿一种被过度评判累坏的天性。我认识一位著名女演员，她在私生活里就像某艘海盗船的船长，用人口径枪来维持船员的良好行为，可在舞台上她却擅长扮演那些因为她们需要我们保护所以容易引起我们的同情和欲望的女人，并且在扮演梅特林克想象中的某个年轻皇后的时候是最受赞赏的，这类年轻皇后是如此没有意志，如此没有自我，就好像她们是一些在世界边缘上叹息的影子。当我最近一次在她家里看到她时，她活在滔滔不绝的话语和无休无止的走动中，她无法倾听，而她周围墙上全是伯恩-琼斯新近的女人画像。她邀请我来是希望我能够为那些女人辩护，她们总是在倾听，并且她们对她来说就如同一尊佛像对一位日本武士那样必要；相反，她对一位法国批评家很不服气，后者想劝她认真考虑转而购买一幅后印象派油画，画中是一个肥胖、红润、裸体的女人，躺在一块土耳其地毯上。

确实有一些人，他们的艺术与其说是某种对立的美德，不如说是为了补偿某次健康方面或环境方面的事故。在《西方世界的花花公子》首次演出引发的暴动期间，辛格非常困惑，思绪不清，很快就生病了——事实上那一星期的压力很可能加快了他的死亡——而他如同文静而沉默的绅士通常表现的那样，在他所有的声明中都是一丝不苟地准确的。为了愉悦他的耳朵和他的心灵之眼，他在他的艺术中创造了一些口若悬河的鲁莽大胆之徒，他们“风流倜傥，一辈子游戏人生……直到审判日来临”。在别的时刻，这个因为身体不好而注定要一辈子活得像个修士的男人，却会很逗地拿那些“自始至终都在寻找配偶的……大美女”来取乐。事实上，尽管他想象力丰富，但是他喜欢美好的物质生活、月亮引起潮涨时的生活。《戴德丽的忧伤》最后一幕是他弥留之际写的，他的艺术在这部戏里达到其最高贵的境界。他不能肯定有任何来世，他遗下他的未婚妻和未完成的剧作——“啊，真是浪费生命。”他对我说；他憎恶死亡，在戴德丽的最后讲话里和在中间那幕里，他接受死亡并以宽厚的姿态看淡生命。他把对他来说似乎是最值得、最困难、最合适的感情赋予了戴德丽，也许还把她那如今日益缩减的七年愉快时光，看成是他自己人生的实现。

三

当我想起过去任何伟大的诗歌作者（一个现实主义者是一个历史学家，并通过他的眼睛的记录而模糊了差异），我总觉得，如果我了解他一生的面貌的话，那么可以说，他的作品乃是他逃离他的整个星象宿命，是他在星座网络中的盲目挣扎。威廉·莫里斯，一个快乐、忙碌、最暴躁的人，他描写阴影的色彩和沉思的情绪，并追随一位慵懒的缪斯，在这方面他超过他那时代的任何人；萨维奇·兰多，在拿起笔时以其平静的高贵胜过我们所有人，这与他放下笔时表露的日常暴烈激情恰恰相反。可以说，他已经在他的《想象的对话》中提醒我们，米洛的维纳斯[4]无非是一块石头，然而他在印刷商没有按预期把复制品送至的时候写道："我已经……决意要把我所有的草稿和计划撕成碎片，并放弃未来的活动。我曾尝试用睡眠来打发时间，在床上消磨掉二十四小时的三分之二。我完全可以说自己就是一个死人。”我想象济慈生来就有浪漫主义运动初期很多人普遍都有的那种对于奢侈的渴求，却无法像富裕的贝克福德那样用美丽而奇异的物品来缓解那种渴求。这驱使他去寻找想象中的愉悦；无知，贫穷，体弱多病，又不是很有教养，他知道自己与可触摸的奢侈无缘；他与雪莱见面时，既怨愤又多疑，因为根据利·亨特回忆，他“对他的出身背景有点儿太过敏感，便倾向于把每一个出身高贵的人视为天然的敌人”。

四

约三十年前我读过西米恩·所罗门一部如今已绝版、买不到的散文寓言，我还记得或似乎记得一个句子："欲望实现了的空洞画面。”所有快乐的艺术在我看来似乎都是那种空洞画面，但是，当它的轮廓还同时表达了那促使其创作者去创作的贫穷和激怒时，我们便称之为悲剧艺术。济慈只是给了我们他的奢侈梦，但是在阅读但丁时我们不会渴望逃避冲突，部分是因为那些诗篇在某些时刻是他个人历史的镜子，然而更加因为那历史是如此清楚和简单，使得它具有艺术的品质。我不是但丁学者，并且我只是读沙德韦尔或丹特·罗塞蒂的译本，但我总是觉得，他称颂有史以来诗人歌唱过的最纯洁的女子和神圣的公正，并非仅仅是因为死神夺去了那个女子和佛罗伦萨放逐其歌手，而是因为他必须在自己心里与他那不公正的愤怒和他的欲望作斗争；跟那些与世界和平相处但与自己交战的伟大诗人不同，他打的是一场双重战争。薄伽丘说："在青年时期和成熟时期，他都总是在他的种种美德中找到色欲的空间。"或者，诚如马修·阿诺德喜欢换一种方式的说法："他的行为超过不合常规。"根据罗塞蒂的翻译，奎多·卡瓦尔坎蒂觉得他这位朋友的作品中"有太多的龌龊"：

你仍然衷心又善良地说到我，
使我珍惜你的诗歌；
但现在因为你那卑鄙的生活，
我不敢公开对你的韵律表示认可。

当但丁在伊甸园会见俾德丽采，她不是责备他吗？因为，当她香消玉殒的时候，他不顾梦中的警告，竟然追随假形象，而现在她为了把他救出他自作自受的险境，她"造访……死者的门户"，选择维吉尔做他的领路人。尽管皮斯托亚的奇诺抱怨说，在他的《神曲》中他那些"可爱的异端妄说……打击正直者而让邪恶者逍遥"：

因此，他那些说谎的虚荣法令
必须像空坚果壳被扔掉，
然而这轻率的假证人必然会增长
法国人和意大利人对骄傲的复仇，
像安东尼对西塞罗。

不过，但丁在"死亡临近之际"对乔凡尼·基里诺唱道：

在国王富饶的坟墓边，他那些拥有
取之不尽的财物的仆人将定居下来，
但他命令我把难受的愤怒驱散，
在伟大教会法庭面前抬起我的眼睛。

五

我们与别人争吵只会产生雄辩，与我们自己争吵则产生诗歌。与那些一想起他们赢得或可能赢得的群众便获得自信的声音的雄辩家不同，我们在不确定中歌唱；我们的韵律，哪怕在最高的美面前，也会因为自知我们的孤独而备受煎熬并震颤不已。我还觉得，任何好诗人，不管他生活多么一团糟，也从来不会，即便在平常生活里，把享乐当作他的目标。我青年时代的朋友约翰逊和道森，都是放荡的男人，一个是酒鬼，另一个是酒鬼且沉迷于女色。然而他们具有洞察人生和从梦中醒来的男人的重力；并且两人，一个在艺术中和生活中，一个在艺术中和较少在生活中，都持续地专注于宗教。我读过、听说过或见过的诗人中，也没有一个是滥情主义者。那另一个自我，那反自我，或那对立的自我，随便你怎么称呼它，只会出现在那些不再受骗、其激情就是现实的人身上。滥情主义者是讲究实用的人，他们相信金钱、地位、结婚钟声，他们对幸福的理解是无论工作或玩乐都要忙个不停，除了短暂的目标什么都忘个干净。他们在从遗忘之河的码头得来的杯子里找到快乐，至于苏醒，至于先见，至于现实的启示，传统为我们提供另一个词——狂喜。一位老艺术家写信给我，谈到他在纽约码头的游荡经历，谈到他怎样遇到一个正在照顾病孩的女人，并从她那里获得她的故事。她也讲到其他已死去的儿童：一个漫长的悲剧故事。“我要画她，”他说。“如果我拒绝承认任何这种痛苦，我就无法相信自己的狂喜。”我们一定不可以通过向我们的思想掩藏起怀疑的理由而制造假信仰，因为信仰是人类心智最高的成果，是人可以献给上帝的唯一礼物，因此它必须真诚地奉献。我们也一定不可以通过掩藏丑恶来创造一种假的美，来奉献给世界。只有那种忍受一切可想象的极度痛苦的人，才能创造可想象的最伟大的美，因为只有当我们看见和预见了我们所害怕的东西，我们才能够得到那个令人目眩的、难以预见的行走如飞的漫游者[5]的奖赏。如果他不是在某种程度上具有我们的生命的属性，我们就无法找到他，但我们的生命应该是带着火的水的生命，带着寂静的喧嚣的生命。在所有不可能的事情中，他是最困难的，因为能轻易得来的东西绝不会是我们生命的部分，如同谚语所说的：“来得快，去得也快。”当我明白到我一无所有，明白到塔楼的鸣钟人已经为灵魂的婚礼之歌预备了丧钟，我将会发现黑暗渐渐明亮、虚空果实累累。

彻悟往往最迅速地降临动荡的人，过一阵子又带来新的动荡。当生活把她那些变戏法的诡计一件件收起，欺骗我们最久的极有可能就是酒杯和愉悦感官的亲吻，因为我们的商会和议会并没有建筑神圣的肉体大厦，他们的狂乱也没有被太阳晒熟。诗人，因为他也许不是站在那座神圣的大厦里面，而是生活在侵袭大厦门槛的旋风中，所以他也许会得到宽恕。

六

我想到基督教的圣徒和英雄，他们不是仅仅感到不满足，而是考虑如何献身。我记得曾经读过某个人的自传，他作一次勇敢的旅行，乔装去西伯利亚探访俄罗斯流亡者。他讲到他怎样胆小如孩子，于是训练自己在深夜危险的街道上游荡。圣徒和英雄不可能满足于在某些时刻留下那个空洞的形象，之后又变成他们各式各样的自我，而总是，如果他们可以的话，类似于那个对立的自我。存在着惺惺相惜的影子，因为在所有伟大的诗歌风格中都有圣徒和英雄，但是当工作完成了，但丁可以回到他的色欲，莎士比亚可以回到他的“酒壶”。只有当他们拿起纸或羊皮纸的时候，他们才追求不可能的完美。圣徒或英雄也同样如此，因为他也是以他自己的血肉发挥作用，而不是以纸或羊皮纸，因此他对那另一种血肉有体恤的理解。

几年前我开始相信，我们那灌输真诚和自我实现的教条的文化，使我们变得温柔和消极；相信中世纪和文艺复兴时期是对的，因为他们通过模仿基督或某个古典英雄而找到他们的自我实现。圣方济各和塞萨雷·博尔吉加[6]通过从镜子转向沉思一个面具而把他们自己变成克服一切困难的创造性人物。当我有了这个想法，我便看不到生活中有别的东西了。我无法写我计划中的戏剧，因为一切都变成寓言，而虽然我在拼命逃避寓言的过程中撕毁几百张纸，但我的想象力枯萎了将近五年，直到我在一部喜剧中嘲弄我自己的思想，我才终于逃脱。我总是在思考风格中和生命中模仿的元素，以及思考超越对英雄的模仿的生命。我在一本旧日记中看到：“我认为一切幸福都依赖这样一种能量，也即戴起某个别人的面具；依赖一种重生，重生为某种不是自己的东西，某种在瞬间创造但永久地更新的东西；某种在玩类似孩子玩的游戏中，某种在戴起一个使我们可以隐藏起来躲开被评判的恐怖的怪异或庄严的着色面具中创造的东西……也许世界的所有罪恶和能量都只是世界在逃离一束炫目的无限之光。”更早的日记中写道：“如果我们不能把自己想象成不同于我们原本的样子，并试图装成第二个自我，我们就无法对自己实施严格要求，尽管我们可以接受来自别人的严格要求。要有主动的品德，如同被动接受别人的严格要求那样的主动。因此，主动的品德——有别于消极地接受某个准则——是演戏似的，有意识地戏剧化的，是戴上一个面具……华兹华斯尽管是伟大的诗人，但他如此经常显得呆板和沉重，部分原因是他的道德感乃是一种并非他所创造的严格要求，而仅仅是服从，所以没有戏剧元素。这增加了他在较好的新闻记者和写书的政客中的知名度。”

七

我觉得，那个英雄找到一个悬挂在多多纳[7]某棵橡树上的希腊面具，它也许带有着某种埃及气息；觉得他是根据自己的喜好来改变面具，这里那里添一点儿颜色，给眉毛镀金，或给颧骨凸显处加一条镀金线；觉得当他最后透过面具的眼睛望出去，他知道另一个人的呼吸在他那紧贴着雕刻的嘴唇的呼吸里进出；觉得他的眼睛在那瞬间凝视一个幻象世界：要不然神怎会来到森林里找我们呢？那些美好、无文采的书籍告诉我们，将遥远的星宿圈在他的羊栏里的神[8]，来的时候是不需要中介的，但普卢塔克的感知和苏豪那些替侍女们施巫术并每人收取一先令费用的老妇们的经验则会认为，一个陌生的活人对灵魔[9]来说胜过一个杰出的死人；但现在我要补充另一个想法：灵魔不是为寻找相似者而来，而是为寻找自己的相反，因为人和灵魔喂养彼此心中的饥饿。因为鬼魂很简单，人则复杂而混乱，当他们紧密结合在一起，人就找到了一个面具，其容貌可以显示人最缺乏的表情，并且只为了这个，而它可能很可怕。

欲望越难以满足，拒绝欺骗或轻易胜利的决心越大，结合就越紧密，反感也就越强烈和明确。

八

我想，所有笃信宗教的人都会觉得，在人生大事中总有一只不属于我们的手在干预，并且相信，如同《威廉·迈斯特》中某个人说的那样，偶然即是命运；我还想，应该是赫拉克利特说过：灵魔是我们的命运。当我想到生命是与灵魔的斗争，后者总是驱使我们去做不可能的事情中最艰难的工作，我便明白为什么人与他的命运之间存在着深深的敌意，为什么人只爱他的命运。在一首盎格鲁-撒克逊诗中，某个人被称为“厄运渴望者”，仿佛要把他称为某种可以概括一切英雄主义的东西似的。我被说服相信灵魔既解救又欺骗我们，相信他用星星编织那张网，把那张网从他肩膀解下来扔出去。接着我的想象力从灵魔转向心上人，并悟出一个难以说清楚的类比。我记得希腊古人要求我们在星象学家所称的第七宫那些即将消隐的星星中寻找那些掌管敌人和心上人的主星；记得建立在精神仇恨基础上的“性欲之爱”也许是人与灵魔之战的形象；我甚至琢磨灵魔与心上人之间是否有某种秘密交流，某种黑暗中的低语。我想起，女人们在恋爱时怎样常常变得迷信，相信她们可以给她们的恋人带来好运；我想起一个古老的爱尔兰故事，讲三个男人进入斯利夫纳曼山的诸神宫殿里寻求在战斗中得到帮助，某个神告诉他们：“你们一定要先结婚，因为一个男人的好运或厄运都是通过一个女人带来的。”

有时候我会在傍晚时分击剑半个小时，而当我枕着枕头闭上眼睛，我会看见一把花剑在我面前舞动，就在我脸下。不管我们的工作是什么，不管我们的幻想把我们带到哪里，我们总是在心灵的深处遇见那另一个意志。

九

诗人在失望中，英雄在失败中，寻找和制造他的面具。满足的欲望不是伟大的欲望，但牢不可破的大门一动不动并不是因为肩膀没有使尽全力。只有圣徒不受骗，既不猛撞肩膀也不举起不满足的手。他会坚定不移地攀登，朝着世界那对立的自我攀登，朝着那在冥想中收窄思想或在沉思中驱散思想的印度人攀登，朝着那模仿基督的基督教徒攀登，朝着古典世界那对立的自我攀登。因为英雄爱世界，直至世界粉碎他；诗人爱世界，直至世界粉碎他的信仰；但是当世界还温文尔雅的时候，圣徒已转身离去，而由于他放弃经验本身，他将在他找到面具时戴上它。诗人或英雄，不管他们在什么树皮上找到面具，由于他们是如此充满幻想，所以他们多多少少会改变面具的面貌，但是，其生命只是履行一连串习惯性职责的圣徒，不需要全世界不需要的任何东西，他日复一日在他的身体内鞭打罗马和基督教征服者：亚历山大和恺撒在他的小房间里挨饿。他的命宫既不在失望中也不在失败中，而是在沉思中，如同旷野中的基督，一种在瞬间更新了世上万国[10]的沉思；因为一切都已放弃，一切便继续存在，展示它们的空宝座。埃德温·艾利斯想起基督也衡量殉难，便在一首美好的诗中想象自己在各各他[11]遇见“次基督”的幽灵，所谓“次基督”是指可能在不知道原罪的情况下过着富足生活而如今“日夜无伴，像一个疲惫的幽灵”在游荡着的基督：

我看见他离去便对他喊道：
“以利，你抛弃了我。”
钉子在四肢里燃烧，
他逃走去寻找幸福。

然而圣徒尽管戴着殉难者的桂冠和弃绝欲望，却能免除失败、令人失望的爱和离别的忧伤。

啊黑夜，没有走到这境地，
啊黑夜，比光的来临更可爱，
啊黑夜，为我们带来情人的相会，
相爱者在愉悦的婚姻中融合！

在我覆盖着鲜花的胸膛上，
完全为了他，除了他不为任何人，
在那里我把甜蜜的休息
留给我心爱的人；
雪松的飘拂在那上面呼吸。

当第一阵晨风
从塔楼吹来，他的手把头发扬开，
带着温柔的关怀，
伤了我的侧边，
我身体里所有感觉麻木。

这时我忘记一切，
我的脸颊贴着为我而来的他，
一切停止而我不，
把我的担忧和羞耻

留在百合间，全忘记。[12]

十

一个人不可以拿起笔或凿子就追求原创性，因为激情是他唯一的事业，而他只能跟着新潮流来雕刻或歌唱，因为没有任何灾难跟另一场灾难相似。他就像日本戏剧里那些幽灵恋人，被迫肩并肩游荡但无法结合，呼唤道："我们不醒也不睡，在悲伤中度过一个个夜晚，而那悲伤到头来只是个幻象，这些春天的景色对我们有什么意义？"当我们找到一个面具，如果我们幻想除非我们给它的脸颊涂上金色，否则它将不会符合我们的心情，我们就会偷偷摸摸地做，并且只敢在多多纳橡树投下最深的阴影的地方做，因为要是灵魔看到我们的手工艺品，由于他是我们的敌人，他定然会暴跳如雷。

十一

很多年前，在半睡半醒中，我看见一个美得难以置信的女人正在把一支箭射向天空，从我首次猜测她的意义那一刻起我就不断思考大自然蜿蜒曲折的运动与直线之间的差异，后者在巴尔扎克《塞拉菲塔》中被称为"人的标志"，但是把它称为圣徒或圣人的标志会更接近我的意思。我想，我们这些诗人和艺术家，既然不被允许去射向可触摸事物以外，就必须从欲望走向疲倦又再走向欲望，为了等待幻象像可怕的闪电降临我们的疲倦的那一刻，而活在畜生们的谦恭中。我不怀疑那些起伏的圆圈、那些蜿蜒的弧形，不管是在一个人的生命中还是在一个时代中，都是数学的；不怀疑世界上或世界以外某些人，已经预知了事件，并在日历上把一个基督、一个佛陀、一个拿破仑的寿命标记好了；不怀疑每个运动，不管是在感觉中还是在思想中，都在通过它自己渐渐增加的清晰度和信心，而暗中准备着它自己的刽子手。我们以我们软弱的缓慢跋涉来追求现实，但被无止境和难以预见的事情击溃。只有当我们是圣徒或圣人，并放弃经验本身的时候，我们才能够以基督教卡巴拉[13]的语言，离开突然的闪电和蛇的道路，成为那个瞄准太阳中心的弓箭手。

十二

医生们发现，夜里某些梦——因为我不同意所有的梦——是白天未能满足的欲望，还说我们对被良心谴责的欲望的恐惧，会扭曲和干扰我们的梦。他们仅仅研究了得不到满足的元素对梦的入侵，而没有净化挫折。在生活中我们满足若干激情，并且每种激情满足一点点，而我们的性格只能是各不相同的，因为没有两个人的讨价还价是相同的。那讨价还价，那让步，总是受威胁，而当它破裂了，我们就会变得疯狂或歇斯底里，或在某种程度上感到幻灭；因此，当一种饥渴的或被排斥的激情在梦中出现，我们便在醒来之前冲破那赋予它行动能力的逻辑，再次把它扔进混乱中。但这些激情，当我们发现它们无法满足，就会变成幻象；而一个幻象，不管我们是睡着还是醒着，总是会通过节奏和形状来延长它的力量，这力量如同转轮，世界在那里是一只蝴蝶。我们不需要保护，但它需要，因为如果我们对我们自身、对我们自己的生活发生兴趣， 幻象就会消失。很难说到底是我们还是幻象创造那个形状，是谁推动那个转轮，但可以肯定，我们有一百个办法把它留在我们身边：我们从往昔选择我们的形象，我们背向自己的时代，试图去感受乔叟，觉得他比日报还要亲近。它迫使我们去覆盖它无法吸取的一切事物，还会在睡眠中把我们带到那个就连睡眠本身也闭上眼睛和梦本身也开始做梦的时刻；我们被带进清澈的光中，甚至忘记我们自己的名字和行动，然而却非常完全地拥有我们自身，并像浮士德那样低语，徒劳地低语："瞬间啊，停一停！"

十三

诗人，当他老了，会问自己，如果不是有新的痛苦、新的失望，他是不是就无法保存他的面具和他的幻象。他是可以的，如果他想到自己从青年时代起精力就多么不济，从而愿意效仿兰多的话。兰多活得漫长而怨恨，可笑而不可征服，直到耄耋之年，失去一切，除了他的缪斯们的宠爱。

> 众缪斯之母，我们被告知，
> 是记忆；她已弃我而去；她们留着，
> 还摇晃我的肩膀，敦促我歌唱。

无疑，他可能会觉得，既然我已找到幻象和面具，我不再需要受苦了。也许他会买一座小旧屋，像阿里奥斯托那样挖园子，并且想，他可能会在鸟儿和树叶，或月亮和太阳重返时，以及在黄昏白嘴鸦的飞翔中，发现节奏和形状，就像那些睡梦中的节奏和形状，因此也就不用在幻象外醒来。接着他将想起华兹华斯把枯萎期拖进八十多岁的高龄里，德高望重，头脑空洞，被青春遗忘，爬到某个废物室，找到一块苦涩的碎壳。

---

①叶芝曾把他的朋友、英国诗人莱昂内尔·约翰逊的诗歌形容为"大理石般的"。
②这段描述见于但丁《新生》。
③伯梅(1575-1624)，德国神智学者、神秘主义者。
④古希腊大理石雕塑，现藏于罗浮宫。
⑤指赫尔墨斯，幸运和灵巧之神。

⑥博尔吉加（1476–1507），罗马教皇顾问，被认为是马基雅维利《君主论》的原型人物。
⑦英雄：指赫拉克勒斯，他被指示戴上面具寻求神谕。多多纳：神谕处，仅次于达尔斐神谕所。人们通过解释树叶的沙沙响来获得神谕。
⑧这里隐约指涉《旧约·以赛亚书》40:26“你们要向上举目，看是谁创造这万象，按数目领出它们，一一称其名……”和《新约·约翰福音》10:16“我另外有羊，不属这个圈里的，我必须领它们来，它们也要听我的声音，并要合成一群，归一个牧人”。
⑨灵魔（Daemon）：半人半神的精灵，来自希腊语daimon，有“神”“似神”“力量”“命运”等意思。叶芝1924年自注：我当时无法区分永久和非永久的神魔，后者可能是“杰出的死人”，尽管我当时也知道存在着区别。我将在《幻象》中讨论这个问题。
⑩世上万国，指撒旦诱惑耶稣时应允的世上万国。
⑪耶稣被钉在十字架上的地方。
⑫十字架的圣约翰（1542–1591）之诗。
⑬卡巴拉原意为犹太教神秘哲学，基督教卡巴拉是指把犹太教卡巴拉与基督教精神结合起来的学说。

译介

Translation

Derek Walcott

1930-2017

Santa lucia

poet
playwright
painter

德里克·沃尔科特（Derek Walcott，1930—2017）

德里克·沃尔科特（1930—2017），圣卢西亚诗人、剧作家及画家，出版过戏剧集和多种诗集，被誉为“今日英语文学中最好的诗人”（俄裔美国诗人布罗茨基语）。其作品探索和沉思加勒比海的历史、政治和民俗、风景，有强烈的历史感。他的诗因“具有伟大的光彩，历史的视野，献身多元文化的结果”，而获1992年诺贝尔文学奖。著有诗集《在绿夜里》《星星苹果王国》《仲夏》《奥美罗斯》《西印度群岛》《厚赠》《白鹭》等。

爱过之后的爱
——德里克·沃尔科特诗选10首

得一忘二 译

远在非洲之外

风正把非洲浅棕色毛皮
刮乱。基库尤人，苍蝇般敏捷，
靠草原的血流养肥自己。
死尸在一片乐土到处散落。
而蛆虫，食腐肉的上校，喊道：
“这些分开死掉的人不必同情！”
殖民政策的掎角之势，
由统计学证实，学者力挺。
对于躺在床上被砍的白人小孩，那意味着什么？
对那些犹如消耗品的野蛮人呢？

持棍者的敲击下，高高的灯芯草
折断，朱鹭飞起如白色扬尘，自从
文明的黎明，它们的鸣叫就如车轮
滚动于干涸的河床或野兽成群的平原；
野兽将暴力加诸野兽，被解读为
自然法则，但直立的人类
却通过施加痛苦以找寻他的神性。
他的战争，狂乱得就像惊恐的野兽，

随着一只战鼓绷紧的尸骸起舞，
但死者以感染签订白色和平，引发
原生的恐惧，仍会被称为勇气。

一项肮脏事业的餐巾上，更有
残暴的必然在擦手，我们的同情
再次浪费，犹如对内战的西班牙。
大猩猩与超人的角力。
我，被这两者之血的毒素侵害，
分野已深入血管，要转向哪边？
我，诅咒过醉醺醺的
英国治安官，我要怎么选择，
一边是非洲，一边是我热爱的英语？
两者全都背叛，还是所得全部归还？
对面如此杀戮，我怎能无动于衷？
我怎样背离非洲而生活？

珊　瑚

这块珊瑚的身形呼应着
被它撑开的手。它

无间的缺场如此沉重。一如浮石，
一如你乳房在我拱起的掌中。

它的乳头有海的凉意，沙砾般锉手，
毛孔闪着盐汗珠的光，像你的一样。

缺场的身体移走了重量，
而你的身体光滑，绝无仅有，

制造出一模一样的空缺，恰如这块石头，
摆放在案头，一个日渐发白的

挂纪念品的架子上。它挑唆我的手
去体认恋人之手从未见识的感受：

另一个身体的真。

结　局

事物不会爆裂，
他们衰歇，暗淡，

就像阳光从皮肉上转暗，
就像浮沫在沙上很快汲干，

甚至爱的闪电倏忽一亮
也没有雷鸣的结局，

它的死，带着花朵凋萎的
声息，犹如肉身

离开冒汗的浮石，
一切事都显出这一形态，

直到我们被留下，
守着环绕贝多芬头颅的寂静。

新世界

伊甸园之后，
是否有一个惊喜？
哦，是的，亚当
对第一颗汗珠产生的敬畏。

自此后，所有凡胎
都得拌着盐粒种下，
以感受季节的锋刃、
恐惧和收获，
以及艰辛所得
但起码属于自己的欢乐。

蛇呢？它不会锈蚀
在它那分岔的树上。
蛇很崇敬劳作，
不会对他不闻不问。

两个都会望着白杨
树叶闪着银光，
橡树染黄了十月，
一切都在变成财富。

所以当亚当被装在方舟肚子里
放逐到我们这个新伊甸园，
蛇，将万贯的身体蜷曲，决意同行，
作为他的患难同伴。

亚当有个主意。
他和蛇将会分担伊甸园的

损失，以便一起获利。
所以两位创造了新世界。看起来很好。

亚当之歌

淫乱女人受石刑而死，
在我们时代则死于
闲言碎语、给她皮肤涂了
一层黏液的恶声恶气。

第一个女人是夏娃，
为了蛇，她让上帝长了绿角，
为了亚当的面子——这样，每个人
就都犯了罪，或者夏娃就无辜了。

什么都没变，
亚当因输给毒蛇而失去世界，
他所唱的歌男人们都还在唱，

他唱给夏娃，
控诉他自己被天谴；
他唱的时候，夜幕正降临世界，

灯火正走进和平王国里
那些豹子的眼中，
而他的死神正走出树林，

他唱着歌，害怕
上帝会妒忌，害怕自己
要付出死亡的代价，

歌声升到上帝那儿，上帝也揉眼睛：

“心啊，鸟儿飞起时，你在我心中，
心啊，太阳入睡时，你在我心中，
心啊，你像露水静静地淌在我心底，
你像雨水垂泪，在我内部哭泣。”

爱过之后的爱

会有那么一天，
你会满心欢喜，
迎接你自己来到
你自家门口，对着自己的镜子，
对彼此的好客报以微笑，

说道：坐下，吃吧。
你会再次爱上这陌生人，曾经的你。
递上酒。送上面包。把心
还给它自己，还给这位爱你一生的

陌生人，你为了别人
一直忽视了他，而他对你熟透于心。
从书架上取下情书、照片

以及绝望的字条，
从镜子里撕下你的影像，
坐下，享用你的人生。

海洋便是历史

你们的纪念碑、战役、烈士们如今何在？
你们的部落记忆何在？先生们，
在那灰暗的穴窟。大海。大海
已将它们锁住。海洋便是历史。

起初，有翻涌的油，
混沌般沉重；
然后，犹如隧道尽头的光，

快帆船上的桅灯，
而那便是“创世”。
进而有塞满的哭喊、
大便、呻吟：

“出埃及”。
骨头被珊瑚焊接到骨头，
彩玻璃窗
披挂着鲨鱼影子的祈福饰带，

那是“约柜”。
继而出现的是被拨弄的阳光弦索
垂落于海床，

发出被奴役的巴比伦人怒涛似的琴声，
而成串的白色玛瑙贝犹如锁链
挂在溺水女人的身上，

它们就是“雅歌”中
吟咏的象牙镯子，

然而海洋不断地翻着空白的书页

寻找历史。
然后到来的是些男人，眼睛沉重如锚，
沉没，没有葬身的墓穴，

那些强盗烧烤牛羊，
将烤焦的排骨像棕榈叶似的丢弃在海滩，
接着，潮汐翻泡吐沫的胃囊

狂暴地吞噬了皇家港，
这就是“约拿记”，
可是哪儿是你们的文艺复兴？

先生，它被封埋在海沙之下，
在礁脉喧嚣的暗礁之外，
那里有僧帽水母漂浮而去；

戴上潜水镜，我亲自领你去那儿。
那么精妙幽微的水下风光，
进入珊瑚的柱廊，

经过海扇的哥特式高窗，
去硬皮石斑鱼眨着玛瑙眼的地方，
它沉沉地缀着珠宝，像个秃头女王；

而那些带穹顶的洞穴，嵌着藤壶，
像布满纹孔的石头，
那是我们的大教堂，

是飓风来临前的大火炉：

罪恶之城蛾摩拉。骨头被风磨
碾成泥灰和玉米粉，

这就是“耶利米哀歌”——
这不过就是哀歌，
不是历史；

然后，犹如河流干燥嘴唇上的残渣，
棕褐色的芦苇村
展开，凝结为城镇，

黄昏时有小蠓虫的合唱团
而它们上方有塔尖
刺向上帝的侧身，

随着他儿子的沉落，这就是新约。

随后而来的是白种姐妹
对着前涌的海浪鼓掌，
这便是解放运动——

喜悦，哦，喜悦——
迅速消失，
随着大海的蕾丝在太阳下晒干，

可那也是历史，
那只是信念，
然后每一块岩石破碎成自己的民族；

其后是苍蝇的宗教大会，
接着是秘书官苍鹭，

接着就是牛蛙为选票叫嚷，

有聪明主意的萤火虫
有大使一样满天飞的蝙蝠
还有螳螂，就像卡其制服的警察，

以及穿皮草的毛毛虫法官
仔细审察每一宗案件，
而后在蕨类黑暗的耳朵里，

在岩石对着海水泳池
发出的咸涩痴笑中，有一种声音，
犹如一个谣传，没有

历史的任何回声，真正开始了。

欧洲森林
赠布罗茨基

最后一批叶子落了，如音符落下
钢琴，它们的椭圆留在耳中回响；
冬日森林摆出拙朴的乐谱架，
看起来像一池空空的乐队，乐谱线
都划在大雪四散的乐谱纸上。

橡树内嵌的铜色桂冠光芒闪耀，
透过你头顶上方的红砖色玻璃杯，
你的脑袋如威士忌般明亮，你背诵
曼德尔斯塔姆的诗句，那冬日的呼吸，
犹如雪茄的烟雾清晰地弥散缭绕。

“柠檬色涅瓦河边卢布钞票的唑唑声。”
在你流亡的舌头下，有踩在脚下的清脆，
喉音的咔咔声犹如腐败的落叶，
曼德尔斯塔姆的短语回旋在棕红色房间，
带着光，在这荒瘠的俄克拉荷马。

也有一个古拉格群岛，在这冰原下，
那是“印第安人的血泪长道”，
含着盐与矿泉，蜿蜒在那些粗硬
而开阔的平原上，犹如牧羊者被太阳
晒裂的脸，刮不掉的雪像胡茬一样。

作家代表大会上的窃窃低语生出了雪花，
回旋着，犹如宽松裤围着一具疲倦的
巧克陶人的尸体，终于变成一场
协议与白纸的暴风雪，我们
透过事由却无法看到那个个人。

所以每个春季将这些树枝装满架子，
犹如图书馆新出版的书页，
直到废物回收——纸张化作雪片——
但是在苦难的冰点，人脑苟延，
像这棵橡树，残留几片古铜色的厚叶子。

当火车穿过森林被折磨的图标，
浮冰咔嚓作响，犹如货运场，然后还有
泪水结冰而成的塔尖，车站吱吱冒气，
他吸了一口冬日之气，将它们吸进去，
那冰冷的辅音转化成了石头。

他在凄凉的车站看到了诗，在亚洲一般
广袤的云朵下，穿过可以将俄克拉荷马
像一颗葡萄一样一口吞下的街区，
不是这些树荫披拂的草原小站，
而是那嘲弄所有终点的荒凉空间。

欧洲胸墙上那个暗淡的孩子是谁？
他看着夜晚的河流铸出金币，
那上面盖着权力之印记，而非诗人之像，
泰晤士河与涅瓦河像钞票一样窸窸作响，
然后是哈德逊河的侧影，金黄上拂着黑色。

从凝结的涅瓦河到奔涌如泻的哈德逊河，
在机场的拱顶下、回声荡漾的车站内，
侨居者是一股支流，他们被流亡
贬成流感一样毫无格调的阶层，
一门语言的臣民，现在这语言属于你。

每当二月来临，每个“去年秋季”，
你奋笔疾书，远离正在脱粒的收割机，
它们像女孩儿编辫子一样捆起麦子，
远离俄罗斯那些被阳光抚摸得微微颤动的运河，
你，一个人，与英语住在一间房里。

我所在的南方是游客纷至的群岛，
它们也是监狱，易于败坏，而虽说
再没有比写诗更加严酷的监狱，但如果
它的盐分物有所值，难道诗歌不就是
一个习语，满足人们从手到口的基本需要？

从手到口，多少个世纪以来，

制度都衰亡了，而面包仍延续，
当一个囚徒在长满铁丝网树枝的森林中
绕着圈子，嘴里咀嚼着一个习语，
它的音乐就会比树叶留得更久，

它凝缩成大理石的汗珠，挂在
天使的额头，永远不会风干，
直到北极光收起孔雀之光，折起
它从加州到阿尔汉格尔斯克的缓慢扇面，
而记忆无需任何事物来重复。

惊惧而饥饿，处于神圣的高烧中，
曼德尔斯塔姆发着抖，每一个
暗喻都令他打摆子那样颤抖，
每一个元音都比一块界石更加沉重，
“对着柠檬色涅瓦河边卢布钞票的咝咝声”。

可现在那高烧已是一场火，发出的光
温暖我们的手，约瑟夫，我们像灵长目动物
那样咕哝着，交换喉音，在棕红色小屋的
寒冷洞穴，而户外的积雪堆里，柱牙象似的
庞然大物将它们的制度推进大雪中。

新世界的地图

一、群岛

这个句子的结尾，雨就会开始。
雨的边缘，是一张帆。

慢慢地，帆将看不到群岛；
整个种族对港口的信念
将进入迷雾。

十年战事已经结束。
海伦的头发，一片灰云。
特洛伊，一口白色的灰烬坑，
在如丝细雨的海边。

细雨密织，紧绷如竖琴之弦。
一个男人双眼蒙着阴云，捡起雨，
拨弄奥德赛的第一行诗句。

二、海湾

回响起来，激荡：伊索尔德的传奇
隐藏于你浪峰慵懒的爆炸声。
我乘着这漂白的船头私航，唰唰地驶向海岸
那片被凶猛的有毒番石榴守护的白色沙滩，
一个秘密
被老鹰快艇的影子读到。

这水湾是一座熔炉。
树叶向海浪闪出银色信号。
远离种族执政的诅咒，我翻开
书页——这本书错就错在煽动——
感觉一笼笼海雾拂过我的脸，
在风的嘴上，捕捉到盐的咸味。

三、海鹤

“只有在有鹤有马的世界”，格雷夫斯
曾写道：诗歌才能生存。
或如灵巧的山羊在岩壁上。史诗
跟着犁耙，火表跟着铁砧的环；
预言将神性赋予鹳的造像，
对牡马颈项的弧度充满敬畏。

火焰已离开柏树烧焦的灯芯；
轮到时，光线将照亮这些岛屿。

壮丽的快艇为黄昏开幕，
当它闪过轻轻扫动的马尾，
石头丛生的田野上，马儿啃着草。
海岬铁砧上锤炼出的铁屑
飞溅到星星间。

慷慨的海洋，你将流浪者
从他咸涩的床单里掀起来，让浪子
迷恋猪一样黑的鼠海豚的海沟。

转动他的心脏之舵，将他额头安放在此。

白　鹭（选译）

一

那些棋子僵硬地站在它们的棋盘上
犹如真人大小的兵马俑，带着马缰、

盾牌和剑戟，向皇帝保证，齐声
宣誓尽忠，而现在都已失去嗓音；
那令人叹为观止的坑道已全无回音。
每个战士发过誓言，每人都保证
为皇帝效命，为氏族，为国家，
变成一枚棋子，气也不喘地笔直
站在树荫或斜阳下，不计时间——
从泥土站成泥土，严格得没有了气味。
如果誓言可见，他们也许能看见我们的，
可棋子不变，尽管外面的草坪上
光线一直变化，拍岸的海浪摇着旗帜
涌来涌去，棕榈树随时间的音乐而狂摆，
那音乐在棋子的沉默之上。移动带来丧失。
一只深褐色的乌鸫在酸橙树上啾唧。

二

你的两只猫蹲着，传令的狮身人面像，面带
那沙漠般的冷漠，那“你到底是谁”的宁静，
它们起身，悠闲地阔步走去，躲开你的触摸，
专门等你前来。等着以你的手臂为摇篮，
肚皮朝上，等着一把刷子轻轻地将它们的刺毛
抹得服服帖帖，它们的双眼眯起来，飘飘
欲仙的神情。一月的阳光展开手掌，抚摸大地
仰躺着的肚皮，而云影总为它们的形状量身
定做，再让它们试穿。拍岸浪撞出欢迎的浪花。
接受它吧。看那小花枝是怎么怒放的，
像一只小猫，从一堵墙侧攀爬上来，
抓紧，滑行，放弃；看它怎么在开始的时候
爪子钩得很紧，而后滑了，便急速摔下，
落在岩石花边的泡沫中。那是心，正在归家，

努力要将自己系牢在自己远离的一切，
恰如含盐的事物只会更令人渴求。

三

这是我早年的战争，敞开喉咙的争吵，
以正午的音高，以卸货男人的音高，
与此同时，海鸥在尖叫，以单调的元音
叫出复杂的诅咒，并且并不参与争斗；
四肢发达的男人旋转着鳕鱼桶，抛起
大米袋，他们都令绰号无法适用，
只需一只手就能举起惊人的一圈圈
电线，双手一举就将电镀板稳稳
放进槽子里，而吊钩和绞车就空挂
在附近。他们在堆积如山的货物荫凉下
午餐，与那些绳结和捆绑带为邻，
无心关注海鸥以及它们觅食的巨石。
然后，会有一个人严重受伤，因为
喝酒与糖尿病而失去一条腿。你会看着他
萎缩成他的绰号，觉得乞讨太不值得骄傲，
只会在喝酒上劲的时候像一辆货车吼叫。

四

为Lorna Goodison而作

这散文自有步态，有如骡子被赶上山路，
一道缀满野草莓的山坡；是哦，草莓生长，
松树苍郁；外来树种已变成了土生，
矮咖啡树在清脆的蓝色空气中闪亮，
扇着山峦的大腿。带毒素的姜科植物

在拐角处挺直，压扁了的酸橙
在拇指与中指上留下它的记忆之痕，
每一页都透着少女时代的清新，
这时在一条贫瘠的溪边，白鹭尖鸣的节奏
如乌鸦盘旋于荒诞梦境里并不可见的腐肉；
逗号如矮荆棘一样发芽，沿着这蜿蜒的散文
一路下降，通往一座名叫哈威河的村落，
那里的篱笆墙是清教的。一场长老会的细雨
滋润着每一支笔，并赠以木制塔尖，在锌皮
屋顶上如炙如烤。形容词在这高台上谨慎地昂扬，
这配着女鞍的散文行进于通往女装店的路途，
经过凸花微雕的阳台，在庭院里晾晒衣裳，
那儿散发着星期一似的芳香；这篇散文蕴含
一阵随疾风突降的雨味，那来自牙买加
雾霭朦胧的群山，斜落在焦灼的柏油路上。

图书在版编目（CIP）数据

诗建设. 2020年. 夏季号 / 泉子主编. -- 武汉 : 长江文艺出版社， 2020.11
ISBN 978-7-5702-1823-3

Ⅰ. ①诗… Ⅱ. ①泉… Ⅲ. ①诗集－中国－当代 Ⅳ. ①I227

中国版本图书馆CIP数据核字(2020)第173454号

主　　编：泉　子　　　副主编：江　离　胡　人　飞　廉
责任编辑：王成晨　　　责任校对：毛　娟
装帧设计：杜　娟　　　责任印制：邱　莉　王光兴

出版：长江出版传媒　长江文艺出版社
地址：武汉市雄楚大街268号　　邮编：430070
发行：长江文艺出版社
http://www.cjlap.com
印刷：武汉市籍缘印刷厂

开本：720毫米×1020毫米　1/16　印张：13.5　插页：2页
版次：2020年11月第1版　2020年11月第1次印刷
行数：6720行

定价：36.00元

版权所有，盗版必究（举报电话：027—87679308　87679310）
（图书出现印装问题，本社负责调换）

总第27卷
2020年夏季号